U0501377

时间的距离

肖复兴 著

长江出版传媒

长江文艺出版社

**图书在版编目（CIP）数据**

时间的距离 / 肖复兴著. -- 武汉：长江文艺出版
社，2022.1
　　ISBN 978-7-5702-2419-7

　　Ⅰ．①时… Ⅱ．①肖… Ⅲ．①散文集－中国－当代
Ⅳ．①I267

中国版本图书馆 CIP 数据核字(2021)第 201638 号


时间的距离

SHIJIAN DE JULI

───────────────────────────────

内文插图：肖复兴
责任编辑：李　艳　　　　　　　　责任校对：毛　娟
装帧设计：壹诺　　　　　　　　　责任印制：邱　莉　　胡丽平

───────────────────────────────

出版：长江出版传媒　长江文艺出版社
地址：武汉市雄楚大街 268 号　　　邮编：430070
发行：长江文艺出版社
http://www.cjlap.com
印刷：湖北画中画印刷有限公司

───────────────────────────────

开本：880 毫米×1230 毫米　　1/32　印张：8.375　　插页：1 页
版次：2022 年 1 月第 1 版　　　2022 年 1 月第 1 次印刷
字数：169 千字

───────────────────────────────

定价：32.00 元

───────────────────────────────

# 目　录

3

# 辑一　一味百味

# 此物亦相思

——酒酿饼和藤萝饼

早闻苏州采芝斋的酒酿饼，这是一种时令点心，只在寒食前后的春季里有卖。好多年，采芝斋都没有卖酒酿饼了，今年春天，听说采芝斋重开酒酿饼旧帜，店前买者如云，一购而空。我无从前往苏州，便赶紧从网上订购一盒十块。采芝斋的其他食品，快递均不收费，唯独酒酿饼要另加八元快递费，平均一块多加近一元。因为它是现做现卖，连夜从苏州快递至北京，收费也是应该的。

其实，酒酿饼不过是一种民间吃食，并不金贵，制作起来也不多么复杂。其最大的特点之一，不仅用水，还用大量的酒酿和面，裹馅烤制。特点之二，馅里一定要有一小块蜜制几日的猪油，方才风味独特。民间有传说，元末起义领袖张士诚带母亲逃亡，途经苏州，母亲险要饿死，一农人送她一块酒酿饼救急，方才死里逃生。所以，酒酿饼，又被称为"救娘饼"。传说不可当真，但起码说明此饼早在元代就有。采芝斋是清同治九年（公元1870 年）创立，和元代相距几百年，不过是将这种民间食品发扬光大，传说故事，从来都是商家借以销售的耀眼色彩，让这种食品增加点儿附加值。

酒酿饼到，因已隔日，有些发硬。这种时令食品，不仅要不

3

时不食，而且要现做现吃，趁热吃，才可以吃出味道。这和云南的鲜花玫瑰饼出炉现吃，是一样的道理。我是在微波炉热后再吃，尽管饼皮依旧有些硬，但酒酿的味道很浓，很香，是北京诸多点心中没有的味道。馅有豆沙和玫瑰两种，相比较，玫瑰馅的更好吃，里面加以果仁瓜子，蜜制后那一小块猪油，晶莹透明，玉一般卧在其中，格外扎眼。几种食材交融在一起，起了化学反应一样，吃起来，和云南的玫瑰饼，和北京稻香村的玫瑰饼，味道不同，没有那么甜，而且要香。

这是我第一次吃酒酿饼，感觉非常。吃完之后，忽然想起北京的一种和酒酿饼相类似的点心——藤萝饼。说它们二位类似，是因为都属于时令食品，同样都是在春天里做，在春天里卖，过了季节，便都一样吃不到了。说它们二位类似，还在于都是民间食品，老百姓的发明，简单易做，并非有什么祖传秘方，不过是一种借助于酒酿和玫瑰花，一种借助于藤萝花，都有春天的花，带有来自民间的地气和烟火气，还有时令鲜花的气息。

藤萝花盛开的春天，旧日京城的大小点心铺里，都曾经卖过藤萝饼，甚至庙前进香的山间道旁，也都有小贩在卖，并不鲜见。《燕京岁时记》里说："三月榆初钱时，采而蒸之，合以糖面，谓之'榆钱糕'。四月以玫瑰花为之者，谓之'玫瑰饼'；以藤萝花为之者，谓之'藤萝饼'。皆应时之物也。"这里所说的藤萝饼，和玫瑰饼、榆钱糕一样，在当时都是应时之物，随处可见，没那么稀罕。

如今，藤萝饼再也未曾见到了。起码从我小时候起有半个多世纪，未曾见到了。如今，京城最有名的卖糕点的店铺稻香村，常年卖鲜花玫瑰饼，二十四节气，也都分别卖过应季的其他时令点心，就是没有卖过藤萝饼。

　　当然，这是和藤萝饼难做有关（相比较而言，比做酒酿饼难度要大）。同酒酿饼和玫瑰饼相比，它是真正的应季食品，过季就是过了这个村没这个店了，真的是擦肩而过，稍纵即逝，吃就要吃在当时，和北京的春天密切相关。当年，藤萝花开的季节，京城名店如正明斋和祥聚公，是非要到京城各大寺庙去采集藤萝花做馅的（不仅为了干净没有污染，更要借助佛心禅境的象外之意，这和酒酿饼被称作"救娘饼"一样，为其增添文化含义，而让其别具一格），现在，谁还愿意费这样的劲？

　　藤萝饼难做，首先在于馅。前辈学人邓云乡先生，是地道的热爱藤萝饼之人，曾经介绍过这种馅的做法："藤萝饼的馅子，是以鲜藤萝花为主，和以熬稀的好白糖、蜂蜜，再加以果料松子仁、青丝、红丝等制成。因以藤萝花为主，吃到嘴里，全是藤萝花香味，与一般的玫瑰、山楂、桂花等是迥然不同的。"

　　而且，藤萝花无法像玫瑰一样可以制成蜜饯，长期保存备用，只能鲜花制作，过季难再。这也就是为什么稻香村里的玫瑰饼常年可卖，唯独藤萝饼难见踪影的另一种缘故。

　　藤萝饼难做，还在于藤萝饼的皮子，不能如酒酿饼一样是硬皮，也不能如玫瑰饼一样是酥皮，而必须是翻毛。酥皮可不是翻毛，过去有词专门说翻毛："京都好，佳点贵翻毛"，所以为贵，是得要上好的面粉过箩筛细，用酥油和面，反复揉搓，用的是工夫和心思，还有独到的手艺。这一点，比酒酿饼和玫瑰饼的皮都要难做。另一位前辈学人金云臻先生在《饾饤琐忆》一书中，对藤萝饼这种翻毛皮子有过专门的描述："层层起酥，皮色洁白如雪，薄如蝉翼，稍一翻动，则层层白皮，联翩儿起，有如片片鹅毛，故称翻毛。"如此绝顶的翻毛，听听就会让人充满想象，馋涎欲滴。其中每一层皮要"薄如蝉翼"，则是关键，和如今玫瑰饼的酥皮不可同日而语，也是玫瑰饼难以望其项背的。可惜，这种工艺，已经没有了。

吃过苏州的酒酿饼，再想北京的藤萝饼，心里总有这样一种感觉，藤萝饼再难做，就真的做不出来了吗？采芝斋是家老店，稻香村也是家老店，采芝斋可以让断档多年的酒酿饼重见天日，稻香村也应该可以克服万难，让藤萝饼再现京城的春天里吧？

离开北京到上海居住的邓云乡先生，对京城诸多糕点甚是想念，且格外怀念藤萝饼。他曾经写过这样一首诗："偶惹乡情忆饼家，藤萝时节味堪夸，自怜食指防人笑，羞解青囊拾落花。"说的是思饼之情，也是思乡之情。老先生是那么思念这一口，很想拾取落在地上的藤萝花回家自己做藤萝饼呢。想来，和老先生一样怀念藤萝饼的，会有很多人吧？起码，我是其中的一个。

稻香村，或者其他点心铺，请能够多为它下点儿功夫——藤萝饼，此物亦相思。何日君再来？

2020 年 5 月 15 日于北京

# 明月何曾是两乡

——今年中秋断想

中秋节又到了。

老北京人管中秋节叫八月节。这是因为一进入八月，中秋节浓浓的气氛就开始弥漫了。首先，这种过节的气氛像一股股的溪水，从大街小巷的街肆店铺里流淌开来。在这个季节里，瓜果桃李正热热闹闹地上市，中秋节，各家都要拜月祭祀，少不了供奉果品。于是，卖各式水果的摊子，一般都会拥上街头，花团锦簇，向人们争献媚眼。我小时候，前门大街之东，鲜鱼口之南，有条叫果子市的小胡同，这季节，一个个卖水果的摊位，像蒜瓣一样挤在一起，人头攒动，熙熙攘攘，夜晚要张灯结彩，热闹得像提前过节，是老北京中秋节重要一景，四九城里，很多人是要去那里光顾的。

清末《春明采风志》说："中秋临节，街市遍设果摊，鸭梨、沙果梨、白梨、水梨、苹果、林檎、沙果、槟子、秋果、海棠、欧李、青柿、鲜枣、葡萄、晚桃、桃奴。又带枝毛豆、果藕、红黄鸡冠花、西瓜。"这里后面所说的四项，头一项毛豆，月宫里的玉兔爱吃，是绝对不能少的；其余三项也都是拜月时必备之品，藕的白，鸡冠花的红与黄，西瓜的红和绿，色彩足够鲜艳，估计嫦娥看见会喜欢。其中西瓜必要切成莲花瓣，嫦娥便如寺庙里供奉的仙佛，端坐在莲花宝座之上了。

中秋节，人们拜月，按理说嫦娥是主角，但是，在民间，玉兔却抢了嫦娥 C 位的风头，人们尊称它为长耳定光仙，把它和嫦娥、吴刚仙人一样等同看待。这是一件非常有意思的现象，一直传承至今。我有些迷惑不解，心想或许是民间的一种追求平等的心理趋向吧，才会让玉兔和嫦娥、吴刚平起平坐；也是玉兔可以捣药，能够治病，保佑安康吧，"没灾没病就是福"，这是普通百姓心底最大的愿望呢。

我小时候，中秋节前，人们要买纸，在上面画玉兔，而不是画嫦娥，这种纸在南纸店里专门有卖，叫作月光纸，一个非常好听的名字。在月光纸上画定光仙，是我们小孩子爱做的事情，可以夸张地把兔子的耳朵画得格外长。在前门大街大栅栏东口路南，有家公兴纸店，我们一帮小孩子跑去那里买月光纸，好像把玉兔请回家。

民间不叫玉兔，更不叫长耳定光仙，都管它叫兔爷儿。中秋节前，能够和鳞次栉比的水果摊有一拼的，就是卖兔爷儿的大小摊子。兔子长耳朵，三瓣嘴，本来就十分可爱，这种用泥捏成的兔爷儿完全拟人化了，就更加让人感到亲近。后来，过中秋节即使不再有拜月的古老仪式了，但各家一般还是要买个兔爷儿，让兔爷儿和全家人同乐，其中古老的敬拜定光仙的祭祀感仪式感，已经完全世俗化，兔爷儿参与到了中秋节民俗传统的衍化和传承之中。

兔爷儿，虽都是泥捏而成，但花样繁多，贵贱不一。《清稗类钞》里说："兔面人身，面贴金泥，身施彩绘，居者高三四尺，值近万钱。"《京都风俗志》里说："有顶束甲如将军者，有短衫担物如小贩者，有立起舞如饮酒燕乐者……名目形象，指不胜偻。"前者，卖给的是王府贵族人家；后者，堆挤成小山，很便宜，谁都能买一个带回家。这里说的"燕"同"宴"，也就是说兔爷儿和你一起家宴喝酒庆祝中秋节，完全和你融合一起，并非如嫦娥一样端坐在缥缈的月宫之上。

作为商品，兔爷儿满足不同人群的需求；作为艺术品，兔爷儿可以见得京城民间艺人丰富的想象力和创造力。不说别的，光看兔爷儿的坐骑，禽兽兼备，翻江倒海，完全进入神话境界；再看兔爷儿的造型，可以是顽童老者，可以是下里巴人，或是京戏里扎靠插旗的任何一位将军，簇拥在一起，活脱脱能上演一出精彩大戏。

据说，最早出现的兔爷儿如牵线木偶，双臂用线牵连，可以上下活动，不停作捣药状，憨态可掬。如今的北京，也有卖兔爷儿的，但这种兔爷儿是见不到了，很多造型奇特而色彩纷呈的兔爷儿，都见不到了。清末有竹枝词唱道："瞥眼忽惊佳节近，满街争摆兔儿山。"如此满眼满街皆是卖兔爷儿的大小摊子的壮景，更是见不到了。

中国讲究不时不食，中秋节的时令食物是月饼。谁家过中秋节不会买几块月饼尝尝呢？老北京卖月饼的点心铺，南味店少，我小时候，那种双黄莲蓉的广式月饼很难见到，卖得最多的是自来红、自来白、提浆和翻毛这四种月饼。它们的区别主要在皮上。提浆和翻毛的皮一硬一软，自来红和自来白的皮，一用香油和面一用猪油和面，老北京人自会吃得明白，口味被这四种月饼征服。以前有诗专门唱道："红白翻毛制造精，中秋送礼遍都城。"我小时候，家住前门，前门大街上有正明斋和祥聚公两家老点心铺，我最爱吃的是翻毛月饼，家里派我去买月饼时，我常会多买几块翻毛，那翻毛必得托在手心上吃，真正的皮薄如纸，细细层层，翻毛如雪，吃的时候嘴里呼出的气，都能把那一层层皮吹得四下翻飞。

在前门大街，最吸引我们小孩子的是通三益老店，它是一家干果店，但到了中秋节，不能落下最卖钱的月饼。吸引我们的是它刚进八月，就在店里的中心位置上，摆出一个大如车轮的巨大月饼，四周用菊花和鸡冠花围着。是那种提浆月饼，皮上刻印着嫦娥奔月的图案。据说，这个巨大无比的月饼一直摆到中秋节过后，店家就把这块大月饼切成一小块一小块，免费让客人品尝。可惜，我一次也没有赶上过这样的好机会。

过去，在老北京，中秋节前后，戏园子要上演和中秋节相关的剧目，这是老北京的传统，不仅中秋节如此，任何一个节日，都要有相关的剧目相匹配，成为节日必备的硬件之一，和中秋节的月饼一样，不可或缺。清升平署中秋节最早的剧目是《丹桂飘香》《霓裳起舞》，是专门给皇上、太后看的。四大徽班进京，京戏普及之后，戏园子在胡同里建得多了起来，特别是1915年，梅兰芳上演了新戏《嫦娥奔月》之后，再过中秋节，戏园子上演的戏，必是《嫦娥奔月》了。在这出载歌载舞的戏里，少不了兔爷儿，扮演兔爷儿和兔奶奶的李敬山和曹二庚，是当时名噪一时的名丑。

说到按照进入八月准备中秋节而有声有色次第出场的水果、兔爷儿、月饼和京戏，我会想，这四位中谁是中秋节的主角呢？各式各样众多的水果，肯定是跑龙套的配角。月饼？显然不是，得让位给兔爷儿。兔爷儿？和梅兰芳的《嫦娥奔月》一比，又得让位给嫦娥。但是，如果要给中秋节挑选形象代言人，在老北京，恐怕还得数兔爷儿呢。

一般年头，中秋节和国庆节都是相挨着，隔不了多少天，像一对亲兄弟。今年特殊，中秋和国庆双节在同一天，变成了一对双胞胎。这样的情况很少见，算是突发疫情之后这近一年之中特别给予我们双倍暖意以慰藉，想是天若有情天亦老吧。想想，觉得这两个节，又像疫情之中两个分别了快一年的亲人或朋友，相约在这样同一天，一定要碰头相见欢，何时是归日，共此灯烛光。这样一想，节日因带有人感情的跌宕，带有生活背景的变化，而有了特别的情味甚至意义呢，便也觉得今年双节相撞，还真是别有一番滋味在心头，让今年中秋节在蔓延至今的全球疫情之中的人们，对平安团圆祈盼的意义格外深重。

这时候，想起两句诗词，一句是王昌龄的诗：青山一道同云雨，明月何曾是两乡；一句是苏东坡的词：但愿人长久，千里共婵娟。这像是专门为双节配备的双诗词。在这样的日子里，它们表达了对我们自己也对他人共同的祝愿。

它们是今年这个中秋节拉起的两道醒目明心的横幅。


2020 年 9 月 22 日秋分于北京

# 茄子和水芹菜

## 茄之味

味道，对人而言是有记忆的，就像年轮对于树，一辈子挥之不去。大多数这样的味道，应该始自童年或青春时节，过了这两季，人的味觉、嗅觉，变得迟钝；忘性，也就变得比记性大了。

对于我，茄子有种特殊的味道。这种特殊的味道，始自北大荒。说来有些奇怪，去北大荒前，在北京我吃过无数次用茄子做的菜，从来没有觉得茄子有什么特殊的味道。茄子做菜，费油，不过油的茄子，有股子土腥味儿，水气巴拉的，不大好吃。北大荒的茄子，却很好吃，和北京的茄子完全不一样的味道。即使五十多年过去了，还是觉得北大荒的茄子好吃，一想起来，那股子特殊的味道，立刻就飘在面前，仿佛想念多年未见的老朋友，突然出现在眼前。

仔细想想，那时候用茄子做的菜，真的是太稀松平常得不能再平常。就是用一口大柴锅炖的一锅茄子。没有什么油，把茄子带皮一起切成棋子大小的块儿，那些块儿大小不一，爷爷孙子都有，倒上一点儿豆油，用葱花炝炝锅（记忆中并不放蒜，连酱油也不放，只加盐），就把这些茄子块儿一股脑儿都倒下锅，再加

12

上水，没过茄子，盖上锅盖，炜烂而已。这样的茄子菜，根本不用学，谁都会。北大荒骂人笨，就是骂：你是个茄子怎么着？

但是，就是这样的简单，为什么就那么好吃，就那么让我难忘，让我一想起来就会觉得那股特殊的味儿扑鼻而来？

是在夏天，大多时候，我们在地头干活儿，或收麦子，或锄豆子地，中午时分，肚子饿得咕咕叫，看着送饭的人，从天边云彩一样远远地飘过来，一点点走近，挑着两只桶，颤悠悠地走到大家的面前。当然，最好送饭来的是食堂里长得漂亮的女知青，无形中让菜的味道好吃，所谓秀色可餐。

如果干活儿的人多，集中在一起，送饭的人会赶着牛车来，但是，从车上搬下来的，还是两个桶，只不过，桶要大得多。两个桶，一个装馒头，一个装菜，很多的时候，菜就是熬茄子。那茄子连汤带水，一点儿油星儿都见不着，大小不一的茄子块儿，在桶里面晃悠，显得那么漫不经心，优哉游哉，很潇洒的样子。

但是，就是那么好吃！没有土腥味，只有一股子的清香，是茄子自身的清香，是从茄子里面的肉到外面的皮一起带着的清香。有时候，切菜的人连茄蒂都带进锅里，茄蒂嚼不动，但嚼在嘴里的味道一样清新。汤是清的，一点儿不浑浊，不像北京烧的茄子一下子连茄子带汤一起变黑。汤里的味道，全是茄子清爽的味道。这么说也不准确，因为不完全是清爽，也有浓郁的味道。那种浓郁，是茄子本身的味道；那种清爽，只是我自己的感觉。而且，还带有点儿青涩的感觉，非常奇怪。这种青涩的感觉，常让我想起初春时节麦苗返青后的田野，氤氲弥散，朦朦胧胧。

现在，有时候我会想，是由于那时的茄子真的是纯天然的，施的不是化学肥料，而是纯粹的有机肥。北大荒的土地没有一点儿污染，真的是肥得能流油，插根筷子能开花，茄子从开花到结果，吸收的全是泥土里不掺假的营养。炖茄子的时候，用的是井水，不是过滤的自来水，更不是污染过的河水。也由于那时油少，更没有那么多的佐料可以添加，能真正发挥出茄子本身的自然味道。茄子方才天然去雕饰，显示出自己的本色。不像现在我们在家中或在饭店里吃的茄子，已经是经过了各种加工之后粉墨登场，像是被各种化妆品精心打扮过后的精致的女人，掩盖了本身自有的天生丽质。

春末夏初，茄子开花的时候，我到菜地看过，非常漂亮。在北大荒，茄子和扁豆、黄瓜一样上架。扁豆和茄子都开紫花，扁豆花小，一簇簇的，密密的，挤在一起，抱团取暖似的，风一吹，满架乱晃，显得有些小家子气；茄子花大，六大瓣，张开的时候，像吹起的小喇叭，像小号的扶桑花，昂扬得很。当时，没有觉得什么，现在想，花是蔬菜的青春期，能够泄露蔬菜后来长大的性情，便也是茄子味道不同寻常的一种原因吧。

北大荒的油豆角也很好吃，但一般要加上肉才好吃，没有肉可加，也得加上土豆和大料瓣，才能把油豆角的味道提出来。很少见油豆角像茄子这样清炖的。有时也会在炖茄子的时候，加上西红柿，但这样复合的味道并不比清炖茄子好吃，西红柿酸甜的味道遮了茄子的清香。

在北大荒，茄子做菜，也有做蒜茄子、大酱焖茄子、茄子馅的饺子，或将茄子晾成干，到冬天和开春青黄不接时做菜吃。但是，说实在的，都没有清炖茄子好吃。得是在地头，茄子得是装在桶里挑着，得是有从田野里吹过来的清风，挑桶送饭来的，得是漂亮的女知青。

## 水芹菜

在北大荒我所在的生产队的菜地里，种的菜品种不少，但没有芹菜。为什么不种芹菜？我不知道其中原委。芹菜并不比别的蔬菜难种的呀。当时，根本也没有想过这个问题，正忙着战天斗地，一夏天收麦子，一秋天收豆子，蔬菜成熟的两季，也是大田里紧张忙碌的季节。

有时候，在食堂里帮厨，偶尔会到菜地里收菜，我感兴趣的是眼前那一架架的黄瓜、西红柿，摘下来，就可以生吃，从来没有想过芹菜，一次也没有。尽管在北京，芹菜是家常菜，家里也常包芹菜馅的饺子，拌炸酱面的菜码，也用芹菜。很多遗忘，都变成是理所当然。

来到北大荒第二年的夏初，我被暂时借调到农场场部写文艺节目，吃住在那里，才知道场部和生产队的区别。我们生产队里所有的房子，都是拉禾辫房子，那是用草和泥，拧成粗粗辫子状，盖起的草房子。场部的房子全部是新盖不久的红砖房。知青能从生产队调到场部，有一步登天的感觉。我住在这里的红砖房，写歌颂草房子的节目。

一日三餐，在场部的机关食堂。食堂在这一排红砖房最边上的一大间房子里。第一天，买好饭票，去那里买午饭。售饭处，是一个不大的窗口，窗口旁边挂着块小黑板，上面写着几个菜名，其中第一个是肉炒芹菜。我买了这个菜，来北大荒快一年，第一次吃芹菜。那芹菜炒得实在是太好吃了，五十一年过去了，那味道，只要一想起来，便还在嘴里萦绕。而且，芹菜的那种独特的香味，带有点儿草药的味儿，带有点儿脆生生的感觉，还能格外清晰地记得。说是唇齿留香，一点儿都不夸张。

这种感觉实在是太奇怪，在北大荒，也有好多美味或者奇奇怪怪的菜品，比如飞龙，比如狍子肉，比如血肠，比如酸菜炖粉条……我也曾经吃过，但都没有这种感觉。其实，这一盘肉炒芹菜，用不了多高深的厨艺，只不过芹菜中加了几片肥瘦相间的肉片和蒜片，而且，那芹菜切的刀工实在太粗糙，长短不一，是乱刀下的作品。不过，它是小炒，豆油很新，很香。芹菜新摘的，很嫩，很绿。猪也是新宰杀的，肉很香，很嫩。

现在想起，莫非新鲜就是这盘芹菜好吃的真正原因？还是因为已经快一年都没有吃过芹菜的缘故呢？或者说，是因为这是场部机关食堂里的小炒？让我有了和生产队明显的差别所产生的心理上自以为是的错觉？芹菜就一定比在生产队里常吃的黄瓜、西红柿、茄子、豆角要高一级？

在很长一段时间里，这盘肉炒芹菜，在我的脑海里都挥之不去。它的样子，它的味道，时常会扑面而来，清晰又真切，就像一位故人那么须眉毕现地站在你面前，甚至扑进你的怀中。一直到六年之后，我离开北大荒，总还时不时地想起这盘肉炒芹菜，仿佛它是一种莫名其妙的象征物。我曾经反复琢磨，这究竟是怎么一回事，却始终弄不清。

离开北大荒之后，我曾经三次重返北大荒，无论是菜地里（而且有了暖棚），还是餐桌上，北大荒已经今非昔比，那么多品种繁多的蔬菜，那么多色香味俱全的菜肴，让我目不暇接。其中也有用芹菜做成的菜肴。不过，那种肉炒芹菜，显得太家常，一般不会上得了餐桌，而是将芹菜的丝完全去掉，把芹菜剥得光光的，像个清水出芙蓉的美人，然后切成长短整齐划一的条状块，整整齐齐地码在精致的碟子里，在上面放上几个同样剥得光光的虾仁，再点缀上一颗红樱桃。真的很好看，和北京的冷盘中的芹菜一样好看，而且高级，只是吃不出当年的芹菜味儿来了。

我曾经请教过几位老北大荒人，这究竟是为什么？他们当中好多人都说我在怀旧中美化了芹菜，是对青春期的一种固执的留恋。他们说得有点儿道理，但不能完全说服我，北大荒的蔬菜多了，为什么我独独钟情芹菜呢？它总有顽固存在我记忆中的道理。

有一个人告诉我，当年我在农场场部吃的芹菜，是水芹菜。场部离七星河很近，河边的湿地适合种这种水芹菜，我们的生产队是平原上的旱地，种不了这种水芹菜。这么说，是水芹菜格外好吃，才让我格外难忘了？这样说也有点儿道理，菜如人一样，各有各的性情和性格，菜的味道，就是菜的性情和性格。人对物的选择，和人对人的选择是一样的，也是要选择那种自己喜欢的性情和性格的菜。

不过，我还是没有闹明白，为什么这盘肉炒芹菜让我如此难忘，而且如此神奇地一想起它，就能看到它的样子，闻到它的香味？一切都已经远去，彻底地远去，人生中，大自然里，充满秘密，冥冥中，尽管无法解释和理解，却无形中映照彼此，刻印下生命的相互痕迹。

无论怎么说，水芹菜，是我青春的一帧迷离的倒影。

2020 年 8 月 20 日于北京细雨中

# 嘟柿的记号

在北大荒，有一度我对嘟柿非常感兴趣。原因在于没来北大荒之前，曾经看过林予的长篇小说《雁飞塞北》，和林青的散文集《冰凌花》，两本书写的都是北大荒，都写到了嘟柿。来到北大荒的第一年春节，在老乡家过年，他拿出一罐子酒让我喝，告诉我是他自己用嘟柿酿的酒。又提到了嘟柿，让我格外兴奋，一仰脖，喝尽满满一大盅。这种酒度数不大，微微发甜，带一点儿酸头儿，和葡萄酒比，是另一种说不出的味儿，觉得应该是属于北大荒的味儿。

这样两个原因，让我对嘟柿这种从未见过的野果子充满想象。都说家花没有野花香，其实，家果也没有野果味道好。在北京，常见的是苹果、鸭梨、葡萄之类的果子；到北大荒，常见的是沙果、苹果和冻酸梨；也在荒原上，见过野草莓和野葡萄（我们称之为"黑珍珠"）；只是从未见过嘟柿。在想象的作用力下，常见的水果，自然没有未曾见过的野果那样有诱惑力，便觉得嘟柿应该属于北大荒最富有代表性的果子了吧。

非常好笑，起初因为嘟柿中有个"柿"字，望文生义，我以为嘟柿和北京见过的柿子一样，是黄色的。老乡告诉我，嘟柿是黑紫色的，吃着并不好吃，一般都是用来酿酒；并告诉我这种野果，长在山地和老林子里。我所在的生产队在平原，是很难见到嘟柿的。这让我很有些遗憾，老乡看出我的心情，安慰我说什么时候到完达山伐木，我带你去找嘟柿，那里的嘟柿多得很。可是，一连两年都没去完达山伐木，嘟柿只在遥远的梦中，一直躺在林予的小说和林青的散文里睡大觉。

一直到1971年，我被借调到兵团师部宣传队写节目，秋天，宣传队被拉到完达山下的一个连队体验生活，嘟柿，一下子又活蹦乱跳地出现在我面前，仿佛伸手可摘。

有一天，吃饭的时候，我说起嘟柿，问宣传队里的人谁见过。大家都摇头，队上吹小号的一个北京知青对我说：我见过，那玩意儿在完达山里多得是，不稀罕。

我和他不熟，我们俩前后脚进的宣传队，彼此认识不久。他比我小两岁，67届老高一，从小在少年宫学吹小号，有童子功。我知道，他就是从这个连队出来的，常到完达山伐木、打猎、采蘑菇，自然对这里很熟悉，便对他说：哪天你带我去找找嘟柿怎样？我还从来没见过这玩意儿呢。

他一扬手说：那还不是手到擒来的事情！

宣传队有规定，不许大家私自进山，怕出危险，山上常有黑熊（当地人管熊叫作黑瞎子）出没。休息天，吃过午饭，悄悄地溜出队里，他带我进山。宣传队来到这里以后，进过几次完达山采风，都是大家一起，有人带队，说说笑笑的，没觉得什么。这一次，就我们两个人，虽说正是秋天树木色彩最五彩斑斓的时候，但越往里面走，越觉得完达山好大，林深草密，山风呼呼刮得林涛如啸，好风景让位给了担心。待会儿还能找到原路走回去吗？在北大荒的老林子里迷路，是常有的事，当地人称作"鬼打墙"，就是转晕了也走不出这一片老林子了。那将是非常可怕的事情。要是到了晚上，还走不出去，月黑风高，再碰上黑瞎子，那就更可怕了。即使没出什么危险，让大家打着手电筒，举着马灯，进山来满世界找，这个丑也出大发了。

我忍不住，将这担心对小号手说了。他一摆手，对我说：你跟着我就踏踏实实把心放进肚子里，我在这一片老林子里走的次数多了，敢跟你吹这个牛吧——脚面水，平蹚！

看他胸有成竹的样子，我的心踏实了一些，问他怎么有这么大的把握。他告诉我：你看这里的每一棵树长得都相似，其实每一棵树跟咱们人一样，长得都不一样，都有它们各自不同的记号。每条被人踩出来的小路，也有自己不同的记号。凭着这些记号，我就能找到回去的路。

我称赞他：可真了不得！

他倒是很谦虚，对我说：都是跟当地老乡学来的本事。

他说得没错，这确实是一种本事，是人们经年累月从农事稼穑伐薪猎山中积累下的本事。小号手就是凭着这些林中的记号，带我找到嘟柿的。这些记号，在他的眼睛里司空见惯，像是熟悉的接头密语，呼应着，带着他走向这一片嘟柿地，而我却不认识其中一个记号，正如他所说的，在我的眼睛里，每一棵树长得都很相似，这里的每一条小路，尽管曲曲弯弯，也都很相似。

这是一片灌木丛，旁边是一片有些干涸的沼泽，想来，夏天雨季的时候会有不少积水，是林子里的小鹿、野兔饮水的好地方。湿润的泥土，让四周杂草丛生得格外茂密，椴树、柞树、白桦、红松、黄檗罗、紫叶李多种树木，高大参天，遮住烈日。翁郁的林色笼罩，有些幽暗，有从树叶间投射进来的阳光，会显得特别明亮，舞台上的追光一样，照亮在花草上，小精灵般跳跃，金光迸射。

扒拉开密密的草叶，终于看见了久违的嘟柿，一颗颗，密匝匝的，长在叶子上面，而不像葡萄缀在叶下。叶子烘托着嘟柿个个昂头向上，很有些芙蓉出水的劲头儿。只是，嘟柿的个头儿不大，比葡萄珠儿还小，比黄豆粒大一点儿，它椭圆形的叶子却很大，在这样大的叶子衬托下，它显得越发弱小。这样的不起眼，让我有些失望，觉得辜负了我多年对它倾心的想象和向往。不过，它的颜色多少给我一点儿安慰，并不像老乡说的那样，是黑紫色，而是发蓝，不少是天蓝色，很明亮，甚至有些透明，皮薄薄的，一碰就会汁水四溢。没有成熟的，还有橙黄色，甚至是微微发红的，摇曳在绿色的叶间，星星般闪烁，更是格外扎眼。

小号手告诉我，这玩意儿越到秋深时候，颜色会越深，现在看颜色好看，但不好吃，经霜之后，颜色不那么鲜亮了，味道才酸甜可口。挂霜的嘟柿，像咱们老北京吃的红果蘸，样子和味儿都不一样呢！

我摘下几颗尝尝，果然不大好吃，有些发涩，还很酸。不过，我还是摘了好多，回去之后，学老乡也泡酒喝。不管怎么说，毕竟见到了嘟柿。北大荒的嘟柿！我想象并向往多年的嘟柿！

回去的路，显得近些，走得也快些。小号手说的没错，凭着林中的记号，那些树木，那些小路，那些花花草草，甚至那些野兽的蹄印，都仿佛是他的朋友，引领着他轻车熟路带我走下山，走出老林子。只是，我始终不知道在这样一片茂密的山林中，那些记号具体是些什么，都一一标记在哪里，仿佛那是对我屏蔽而唯独对他门户大开的秘境神域，是我不可见而唯独他可见可闻的魔咒或神谕。

流年似水，我离开北大荒已经近五十年了，一切恍然如梦，但那次进完达山去寻找嘟柿的情景，记忆犹新。如今，我知道嘟柿其实就是蓝莓。在北京，作为水果，蓝莓已不新奇，但我敢说，如果说这是嘟柿，不少人会莫名其妙。市场上，新鲜的蓝莓果，以至蓝莓酒和蓝莓酱，或蓝莓做的蛋糕，都司空见惯。只是，那些都是人工培植的蓝莓，野生的蓝莓，才叫嘟柿。正如农村山野里柴火妞进城，才将原来的丫蛋、虎妞，改成了丽莎或安娜。

野生的嘟柿，那些在完达山老林子里自生自灭的嘟柿，那些青春时节才会想象和向往的如梦如幻的嘟柿！如果达紫香可以作为北大荒花的代表，白桦林作为北大荒树的代表，乌拉草作为北大荒草的代表，那嘟柿应该是北大荒野果当之无二的代表。

去年秋天，我在天坛，坐在双环亭的走廊里，画对面山坡上的小亭子，一个戴鸭舌帽的老头儿站在我身后看。虽然画得不怎么样，但我常到这里来画画，已经练得脸皮厚了，不怕有人看，一般人看两眼，说几句客气话就转身走了。这个老头儿有点儿怪，一直看到我画完，我都合上画本，起身准备走了，他还站在那里，盯着我看，看得我有些发毛，不知道我身上有什么不对劲儿的地方，或者是他要对我讲什么。

他发话了：怎么，不认识我了？

我望着这位显得比我岁数还要大的老爷子，问道：您是……？

忘了？那年，我带你进完达山找嘟柿……

原来是小号手，我一把握住他的手。不能怪我，岁月无情，让他变得比我还显得一脸沧桑，我真的认不出来了。同样小五十年没见，我的变化一样大，他是怎么一下子就认出我来的呢？

我把疑问告诉他，他呵呵笑道：你可真是贵人多忘事，我这个人没别的本事，就是记人记事记路记东西能耐大。是人是事是物，都有个自己的记号。你忘了在完达山，咱们是怎么进山找到嘟柿的，又是怎么出山回来的了？

我一拍脑门，连声说：没错，记号！记号！然后，我问他：那你说我的记号是什么？

他一指我的右眼角：你忘了，你这儿有一道疤？

没错，那是到北大荒第二年春天播种的时候，播种机划印器的连接铁链突然断裂，一下子打在我的右眼角上，缝了两针，幸好没打在眼睛上。这么个小小的记号，当初居然被他发现，能一直记到五十年后，也实在属于异禀，非一般人能有。

今年初以来，闭门宅家读书，读福柯的老书《词与物》，其中他写道："必须要有某个标记，使我们注意这些事物；否则，秘密就会无限期地搁置。""没有记号，就没有相似性。相似性的世界，只能是有符号的世界……相似性知识建立在对这些记号的记录和辨认上。"福柯在说完"最接近相似性的空间变得像一大本打开着的书"这样的比喻之后，引用了另一位学者克罗列斯的话："产生于大地深处的所有花草、植物、树木和其他东西，都是些魔术般的书籍和符号。"他还引用了克罗列斯的另外一句话：这些符号"拥有上帝的影子和形象或者它们的内在效能。这个效能是由天空作为自然嫁妆送给它们的。"魔术般的符号！自然的嫁妆！说得真是精彩，比福柯的论述还要形象生动。

读完这几段话，我立刻想起了小号手，想起五十年前他带领我进完达山寻找嘟柿的情景。我惊异于福柯和克罗列斯的话，竟然和小号手以及那天的事如此惊人地吻合，仿佛他们是特意为小号手和我所写的一样。我就是那些只看见了世界万物的相似性，却无法体认其中被搁置已久的秘密。小号手则记住了大自然中的那些记号，洞悉了产生于大地深处的所有花草、树木和其他东西中那些魔术般的符号，进而有滋有味地阅读那一大本打开着的书。

2020 年 5 月 4 日于北京

# 过年食忆

对于在贫寒生活中长大的一代，过年的记忆多为吃。大年夜的饺子，大人们是格外重视的。对于小孩子来说，饺子并不那么重要，他们有了压岁钱之后，最想吃的是那些平常日子里吃不到的小吃零食，拿着为数并不多的压岁钱，跑到街上买这些东西解解馋。

说来会让今天的孩子笑话，我小时候，最想吃的是糖葫芦、金糕、糖炒栗子、芸豆饼，还有心里美萝卜。

但是，也不能嘲笑我，我要吃的这几样东西，也并不一般，而是有讲究的。先说糖葫芦，可不是平常日子里走街串巷的小贩插在草垛子上卖的那种用山里红做成的糖葫芦，得是那种长长一串有四五尺长的大串糖葫芦。这种糖葫芦，因其长，一串又叫一"挂"。以前，民间有说："正月元旦逛厂甸，红男绿女挤一块，山楂穿在树条上，丈八葫芦买一串。"又说："嚼来酸味喜儿童，果实点点一贯中，不论个儿偏论挂，卖时大挂喊山红。"这里说的大挂，就是这种丈八蛇矛长一挂的山糖葫芦。春节期间逛庙会，一般的孩子都要买一挂，顶端插一面彩色的小旗，迎风招展，扛在肩头，长得比自己的身子都高出一截，永远是老北京过年壮观的风景。如果赶上过年下雪，糖葫芦和雪红白相衬，让过年多了一种鲜艳的色彩。

如果过年的时候，我手里的压岁钱多那么一点点，我会跑到琉璃厂的信远斋，专门去买糖葫芦。信远斋的糖葫芦不串成串，论个儿卖，一个个盛在盒子里，蘸好了冰糖，晶莹剔透，红得像玛瑙，装进小匣子里，用红丝带一扎，是过年时候送人的最好礼品。我不买这样成盒的，成盒的贵。我买几个，论个儿的，也卖。买回家，舍不得吃，拿出来，馋馋弟弟。弟弟指着我的糖葫芦，冲着爸爸妈妈大叫着，我也要吃这个！我爸就会说：这有什么稀奇的，不就糖葫芦嘛，待会儿给你买去。我便会说：您好好瞧瞧，这可不是一般的糖葫芦！

　　再来说金糕。在我看来，金糕是糖葫芦的一次华丽转身。老北京过年，各家餐桌上是离不了金糕的，很多是拌凉菜时用来作为一种点缀，比如凉拌菜心，它被切成细长条，撒在白菜心上，红白相间，格外明艳。这东西以前叫作山楂糕，后来慈禧太后好这一口，赐名为金糕，意思是金贵，不可多得。因是贡品而摇身一变，成了老北京人过年送礼匣子里的一项内容。清时很是走俏，曾专有竹枝词咏叹："南楂不与北楂同，妙制金糕属汇丰。色比胭脂甜如蜜，鲜醒消食有兼功。"

　　这里说的汇丰，指的是当时有名的汇丰斋，我小时候已经没有了，但离我家很近的鲜鱼口，另一家专卖金糕的老店泰兴号还在。就是泰兴号当年给慈禧太后进贡的山楂糕，慈禧太后为它命名金糕，还送了一块"泰兴号金糕张"的匾（泰兴号的老板姓张）。泰兴号在鲜鱼口一直挺立到 20 世纪 50 年代末我上中学的时候。我要吃的得是那里卖的金糕。金糕一整块放在玻璃柜里，用一把细长的刀子切开，上秤称好，再用一层薄薄的江米纸包好。江米纸半透明，里面的胭脂色的山楂糕朦朦胧胧，如同半隐半现的睡美人，甭说吃，光看着就好看！

糖炒栗子，入秋以后就开始卖，但是，磨我爸爸，我爸爸顶多给我买一包五分钱的栗子，没几个，还得和弟弟一起分吃，哪够解馋的？过年的压岁钱，让我可以奢侈一把，买上一大包栗子。那时候，卖糖炒栗子是在晚上。这是老北京的传统，《都门琐记》里说："每将晚，则出巨锅，临街以糖炒之。"《燕京杂记》里说："每日落上灯时，市上炒栗，火光相接，然必营灶门外，致碍车马。"巨锅临街而火光相接，乃至妨碍交通，那种壮观的情景，我没见过，但是，前门大街，从五牌楼到珠市口，卖糖炒栗子的，一家大铁锅挨着另一家大铁锅，一街栗子飘香，是我闻到的过年时候最香的味道了。

芸豆饼，也非常的香。这是一种我过年时候非常想吃的东西。那时候，只有春节前后的那几天，在崇文门护城河的桥头，有卖这种芸豆饼的。都是女人，蹲在地上，摆一只竹篮，上面用布帘遮挡着，布帘下有一条热毛巾盖着，揭开热毛巾，便是煮好的芸豆，冒着腾腾的热气，一粒粒，个儿大如指甲盖，玛瑙般红灿灿的。她们用干净的豆包布把芸豆包好，在芸豆上面撒点儿花椒盐，然后把豆包布拧成一个团，用双手击掌一般上下夸张地使劲一拍，就拍成了一个圆圆的芸豆饼。也许是童年的记忆总是天真而美好，也没有吃过什么好吃的东西吧，至今依然觉得那芸豆饼的滋味无与伦比。虽然不贵，但我兜里没有钱，春节前几天，天天路过那里，看她们卖芸豆饼，只要把口水咽进肚子里，一直熬到过年有了压岁钱，疯跑到崇文门桥头，买芸豆饼，怎么那么好吃！

老北京，水果在冬天里少见，萝卜便成了水果的替代品，所以一到冬天，常见卖萝卜的小贩挑着担子穿街走巷地吆喝："萝卜赛梨！萝卜赛梨！"过年我买萝卜，不是为吃，而是为看。卖萝卜的小贩，会帮你把萝卜皮削开，但不会削掉，萝卜托在手掌上，一柄萝卜刀顺着萝卜头上下挥舞，刀不刃手，萝卜皮呈一瓣瓣莲花状四散开来，然后再把里面的萝卜切成几瓣。这种萝卜必须得是心里美，切开后，才会现出五颜六色的花纹，捧在手里，像一朵花。吃完后的萝卜根部，泡在放点儿浅水的盘子里，还能长出萝卜花来，伴我一起过完整个春节呢。

如今，经济发展变化太大了，这些我童年过年的吃食，早已不新鲜，甚至让孩子们不以为然。更多更新鲜的过年吃食，琳琅满目，美不胜收。不过，过年时候庙会里卖的那种长长一大串的糖葫芦，依然是孩子们的最爱。用萝卜雕刻的花，依然是过年餐桌上厨师奉献的艺术品。而萝卜根部开出的萝卜花，对于今天的孩子来说，不仅清新，而且新奇，和过年时守岁的水仙花有一拼呢。

2020 年元旦写于北京

28

# 剪窗花过年

过春节，一般年前最忙。到大年初一真正过年以后，人们就可以尽享清福，阖家欢乐了。年前，男主人、女主人都要外出忙着采购年货，一些妇女和孩子留在家里，洒扫庭除之后，围坐在炕头和桌前，开始剪窗花了。

这样的风俗，有两方面原因。

一是，剪出的窗花贴到窗上，和大门两旁贴的春联、大门中央贴的门神、屋子墙上贴的福字、房檐门楣上挂的吊钱，一定都要在大年三十之前完成，这才算是过年的样子。清末竹枝词里说："扫室糊棚旧换新，家家户户贴宜春。"其中的"贴"字说的就是准备过年这样必需的程式。

另一面，和过年的时候家里人不许动刀剪的民俗有关（还有不许扫地倒脏土等，都是防止不吉利的说法）。清时诗人查慎行有诗："巧裁幡胜试新罗，画彩描金作闹蛾。从此刀剪闲一月，闺中针线岁前多。"这里说的巧裁新罗，画彩描金，就包含有剪窗花，"从此刀剪闲一月"，后来改成到正月十五；再后来到破五；现在，已经彻底没有这个风俗了。

春联、门神、福字、窗花和吊钱，这五项过年之前之必备，我称之为过年五件套。和后来结婚时候一度流行的手表、自行车和大衣柜这三件套的说法相类似。只是，结婚三件套，早已被时代的发展所淘汰，而过年这五件套，几百年过去了，至今依然变化不大，除了吊钱如今在北京见到的少了，其余四种，仍然在过年前看许多人家在忙乎张罗。因为这是过年必备的庆祝仪式的硬件标准。可见，民俗的力量，在潜移默化中，代代传承。

到正月十五灯节之前，再加上各家大门前挂上一盏红灯笼，就是过年必备的六件套。这六件套，全部都是红颜色，过年前后这一段时间里，全国各地，无论乡间，还是城市，到处是这样一片中国红，那才叫过年，是过年的色彩。如果说过年到处是这样红彤彤一片的海洋翻滚，那么，窗花是其中夺目的浪花簇拥。

在过去的岁月里，年前要准备的这五件套，除了门神尉迟恭、秦叔宝的形象复杂，要到外面买那种木刻现成的之外，其余四件，普通百姓人家，都是要自己动手做的。这和年三十晚上的那顿饺子必须得全家动手包一样，参与在过年的程式之中，才像是过年的样子。普通人家剪窗花，是和贴春联、挂吊钱，包括做门神、写福字一样，都只用普通的大红纸。各家都须到纸店里买大红纸。大红纸畅销得很。

那时候，家附近有两家老字号的纸店，一家是南纸店，叫公兴号，在大栅栏东口路南；一家是京纸店，叫敬庄号，在兴隆街，我们大院后身。家里人一般都将这项任务交给我们小孩子，我们都愿意舍近求远去公兴号，一是那里店大，纸的品种多；二来路过前门大街，到处是卖各种小吃的店铺和摊子，我们可以将买纸剩下的钱买点儿吃的解馋。家里人都嘱咐我们买那种便宜的大红纸。其实，不用嘱咐，我们都会买最便宜的，剩下的钱会多点儿，买的吃食也会多点儿呢。

有一阵子，公兴号流行卖一种电光纸，我们又叫它玻璃纸，因为它像玻璃一样反光，一闪一闪，我们都喜欢，便买回家。家里大人不乐意，看着就撇嘴，让我们立马儿拿回去换纸，一准觉得还是传统的那种大红纸好。

过去年月里，普通人家房子的纸窗，贴的都是高粱纸，很薄，透光性好。传统的大红纸也很薄，做成窗花，贴在这样的花格纸窗上，很是四衬适合。清末《燕都杂咏》里有一首说："油花窗纸换，扫舍又新年。户写宜春字，囊分压岁钱。"诗后有注："纸绘人物，油之，剪贴窗上，名'窗花'。"诗中所说的油花窗纸，指的应该就是这种高粱纸，红红的窗花贴在上面，红白相映，屋里屋外，看着都透亮，红艳艳的，显得很喜兴。电光纸厚，贴在这样的花格纸窗上，不仅不透亮，还反光，没有那种里外通透的感觉。确实是什么衣配什么人，什么鞍配什么马，传统的窗花用纸，和老式的纸窗两两相宜。老祖宗传下来的玩意儿，自有它的道理。

后来，经济条件好些了，各家的窗子换成玻璃的，但还是觉得贴这种传统大红纸剪成的窗花好看。那种电光纸，到底没能剪成窗花，亮相在我们的窗户上。

窗花，是老祖宗传下来的，既是手艺，也是民俗；既可以是结婚时的装点，又是过年必不可少的一项内容。窗花的历史悠久，有人说自汉代发明了纸张之后就有了窗花，这我不大相信，纸张刚刚出现的时候，应该很贵，不可能普遍用于窗花。有人说南北朝时对马团花和对猴团花中就有了锯齿法和月牙法等古老的剪纸法；有人说唐朝就有，有李商隐的诗为证："镂金作胜传荆俗，剪彩为人起晋风"；也有人说窗花流行于宋元之后……总之，窗花的历史悠久。

我私下猜想，窗花最初是用刀刻，然后转化为剪裁。刀刻出的图案，应该受到过更早时的石刻或青铜器的雕刻影响，艺术总是相通的，相互影响和借鉴是存在的。从石刻到剪纸，从刀到剪，只是工具和材料的变化而已。剪和刻的区别，还在于剪是要把纸先折成几叠，是在石头上无法做到的。别看只是这样看似简单的几叠，却像变魔术一样，让剪纸变成了独特的艺术。

　　窗花，应该是剪纸的前身。窗花也好，剪纸也好，不像石刻或青铜器雕刻，多在王公贵族那边，而是更多在民间，其民间的元素更多更浓。窗花，又是农耕时代的产物，所以，它的内容更多的是花草鱼虫、飞禽走兽、农事稼穑、民间传说、神话人物，以至后来的八仙过海、五福捧寿等很多戏剧内容，可以说是花样繁多，应有尽有，只有正月十五灯节时的彩灯上彩绘的内容，可以和窗花有一拼。灯上的图案，在窗花上大多可以一一找到对应，只不过，在窗花上删繁就简，都变成大红纸一色的红。这便是窗花独到之处，一色的红，配窗子一色的白，如果过年期间赶上一场大雪，红白对比得格外强烈，就更漂亮了。

　　民间藏龙卧虎，窗花有简有繁，有的很丰富，我从来没有见过。前面所引的《燕都杂咏》诗后还有一注，说有这样的窗花，是"或以阳起石揭薄片，绘花为之"。这种类似拓印式的窗花，我没见过。《帝京风物略》中说："门窗贴红纸葫芦，曰收瘟鬼。"这风俗和年三十之夜踩松柏枝谓之驱鬼的意思是一样的。大年三十的夜晚，踩松柏枝，我没有踩过，那时我们院子里有人买来秫秸秆，让我们小孩子踩，意思是一样的。但是，这种贴红纸葫芦的窗花，我也没见过。《燕京杂记》中说："剪纸不断，供于祖前，谓之'阡张'。"过年期间，如此夸张的剪纸，是窗花的变异，我更是没见过。

　　小时候，我看邻家的小姐姐或阿姨剪窗花，顺便要几张，拿回家贴在窗上。我有了儿子之后，孩子小时候磨我教他剪窗花，我不会，便把他推给我母亲，告诉他：奶奶会，你找奶奶去！其实，奶奶只剪过鞋样子，哪里会剪窗花？但被孩子磨得没法子了，只好从针线笸箩里拿出剪子，把大红纸一折好几叠，便开始随便乱剪一通。谁想到，儿子把红纸抖搂开一看，尽管不知道剪的是什么图案，但那种像抽象派的图案，还挺新鲜，挺好看呢！这样剪窗花，一点儿都不难嘛，儿子抄起剪刀，也开始学奶奶的样子，剪出一床窗花来。我家那年春节的窗户上，贴的全是奶奶和她的小孙子剪的窗花。

　　流年似水，一晃又到了春节。儿子的两个孩子，一个八岁，一个十岁了。他们跟爸爸新学会了剪纸，年前剪了一堆的窗花，比他们的爸爸当年剪得有章法多了。视频通话的时候，我让俩孩子一人选出一个自己最得意的窗花，送给我。今年贴在我家的窗上，他们和他们的窗花，陪我们老两口一起过年。

　　　　　　　　　　　2020 年 1 月 6 日小寒写毕于北京

# 花间集

儿时住的大院里，很多人家都爱种凤仙花，我们管它叫指甲草。凤仙花属草本，很好活，属于给点儿阳光就灿烂的花种。只要把种子撒在墙角，哪怕是撒在小罐子里，到了夏天都能开花。

凤仙花开粉红和大红两种颜色。女孩子爱大红色的，她们把花瓣碾碎，用它来染指甲，红嫣嫣的，很好看。我一直觉得粉色的更好看，大红的，太艳。那时，我嘲笑那些用大红色的凤仙花把指甲涂抹得猩红的小姑娘，说她们涂得像吃了死耗子似的。

放暑假，大院里的孩子们常会玩一种游戏：表演节目。有孩子把家里的床单拿出来，两头分别拴在两株丁香树上，花床单垂挂下来，就是演出舞台前的幕布。在幕后，比我高几年级的大姐姐们，要用凤仙花，不仅给每个女孩子涂指甲，还要涂红嘴唇，男孩子也不例外。好像只有涂上了红指甲和红嘴唇，才有资格从床单后面走出来演出，才像是正式的演员。少年时代的戏剧情景，让我们这些半大孩子跃跃欲试，心里充满想象和憧憬。

特别不喜欢涂这个红嘴唇，但是，没办法，因为我特别想钻出床单来演节目，只好每一次都得让大姐姐给我抹这个红嘴唇。

凤仙花抹过嘴唇的那一瞬间，花香挺好闻的。其实，凤仙花并没有什么香味，是大姐姐手上搽的雪花膏的味儿。

二

北大荒有很多花，其中最有名的属达紫香，这是一种已经被从北大荒那里出来的作家写滥的花。

对于我，最难忘的是土豆花。土豆花很小，很不显眼，要说好看，赶不上同在菜园里的扁豆花和倭瓜花。扁豆花，比土豆花鲜艳，紫莹莹的，一串一串的，梦一般串起小星星，随风摇曳，很优雅的样子。倭瓜花，明黄黄的，颜色本身就跳，格外打眼，花盘又大，很是招摇，常常会有蜜蜂在它们上面飞，嗡嗡的，很得意地为它们唱歌。

土豆花和它们一比，一下子就站在下风头。但是，每年一冬一春吃菜，主要靠的是土豆，所以每年夏天我们队上的土豆开花的时候，我都会格外注意，淡蓝色的小小土豆花，飘浮在绿叶间，像从土豆地里升腾起了一片淡蓝色的雾岚，尤其在早晨，荒原上土豆地那一片连接天边的浩瀚的土豆花，像淡蓝色的水彩被早晨的露水洇开，和蔚蓝的天际晕染在了一起。

读迟子建的短篇小说《亲亲土豆》，第一次看到有人对不起眼的土豆花情有独钟。迟子建用了那么多好听的词儿描写土豆花，说它"花朵呈穗状，金钟般吊垂着，在星月下泛出迷离的银灰色。"我从来没见过对土豆花如此美丽的描写。在我的印象里，土豆花很小，呈细碎的珠串是真的，但没有如金钟般那样醒目。我们队上的土豆花，也不是银灰色的，而是淡蓝色的。虽说我们队上的土豆花，没有迟子建笔下的漂亮，颜色却要更好看一些。

## 三

三十多年前，春末，在庐山脚下歇息。不远处，有几棵树，不知道是什么树，开着白花，雪一样的白。再不远的山前，有一个村子，炊烟正缭绕。

一个穿着蓝土布的小姑娘，向我跑过来。跑近，看见她的手里举着一枝带着绿叶的白花。小姑娘七八岁的样子，微笑着，把那枝花递给我。常有游客在这里歇脚，常有卖各式小吃或小玩意儿的人到这里兜售。我以为她是卖花姑娘，要掏钱给她。她摆摆手，说：送你！

那枝花是刚摘下的，还沾着露水珠，花朵不小，洁白如玉，散发着清香。我问她：这么香，叫什么花啊？

她告诉我：栀子花。

我正要谢谢她，她已经转身跑走，娇小的身影，像一片蓝云彩，消失在山岚之中。

我直到现在都不明白，小姑娘为什么送我那枝栀子花。

那是我第一次见到栀子花。真香，只要一想起来，香味还在身边缭绕。

## 四

北京的孝顺胡同，是明朝就有的一条老胡同，中间有兴隆街把它分割为南北孝顺胡同。这条胡同里老宅很多，既有饭庄，又有旅店，还有一座老庙，虽地处前门闹市之中，却一直很幽静。十五年前，我去那里的时候，那里正要拆迁，不少院落被拆得有些颓败零落，但依然很幽静，一副见惯春秋、处变不惊的样子。

在胡同的深处，看见一户院门前搭着木架，架上爬满了粉红色的蔷薇花。架上架下，都很湿润，刚被浇过水。蔷薇花蕾不大，密密地簇拥满架，被风吹得来回乱窜，上下翻飞，闹哄哄的，你呼我应，拥挤在一起，像开着什么热烈的会议。由于颜色是那么鲜艳，一下子，把整条灰色的胡同映得明亮起来，仿佛沉闷的黄昏天空，忽然响起了一阵嘹亮的鸽哨。

我走了过去，忍不住对满架的蔷薇花仔细观看，是什么人，在马上就要拆迁的时候，还有这样的闲心侍弄这样一架漂亮的蔷薇花，给这条古老的胡同留下最后一道明亮的色彩和一股柔和的旋律？

有意思的是，在花架的对面，一位金发碧眼的外国小伙子，也在好奇地看着这架蔷薇花。我们两人相视，禁不住都笑了起来。

五

在美国的布鲁明顿小城郊外一个叫海德公园的小区，每一户的房前屋后都有一块很宽敞的绿地。很少见像我们这里利用这样的空地种菜的，一般都会种些花草树木。我住在那里的时候，天天绕着小区散步，每一户人家的前面种的花草不尽相同，到了春天，姹紫嫣红，各显自己的园艺水平。

在一户人家的落地窗前，种的是一排整齐的郁金香，春末的时候，开着红色、黄色和紫色的花朵，点缀得窗前五彩斑斓，如一幅画，很是醒目。

没过几天，散步路过那里，看见每一株郁金香上的花朵，像割麦子一样，整整齐齐地被全部割掉，一朵也没有了，只剩下绿叶和枝干。我以为是主人把它们摘掉，放进屋里的花瓶中独享了。

有一天散步路过那里，看见主人站在屋外和邻居聊天。我走过去，和她打招呼，然后指着窗前那一排郁金香，问她花怎么一朵都没有了呢。她告诉我，都被鹿吃了。然后，她笑着对我说，每年鹿都会光临她家，吃她的郁金香，每年她都会补种上新的郁金香。

这让我很奇怪，好像她种郁金香不是为了美化自家或自我欣赏，而是专门为鹿提供美食的。

这里的鹿很多，一年四季都会穿梭于小区之间，自由自在，旁若无人。这个小区花的品种很多，不明白，为什么鹿独独偏爱郁金香？

后来看专门描写林中动物的法国作家于·列那尔写鹿，说远远看像是"一个陌生人顶着一盆花在走路"，便想起了小区的那些专门爱吃郁金香的鹿，它们一定是把吃进肚子里的郁金香，童话般幻化出来，开放在自己的头顶，才会像顶着一盆花在走路吧？当然，那得是没人打扰且有花可吃然后悠闲散步的鹿。

六

我一直分不清梨花和杏花，因为它们都开白花。两年前的春天，我家对面一楼的房子易主，新主人是位四十岁左右的妇女，沈阳人。她买了三棵小树，栽在小院里。我请教她是什么树，她告诉我是杏树。

彼此熟络后，她告诉我：明年开春带我妈一起来住，买这个房子，就是为了给我妈住的。老太太在农村辛苦一辈子了，我爸爸前不久去世了，就剩下老太太一个人，想让她到城里享享福。孩子她爸爸说到沈阳住，我就对他说，这些年，你做生意挣了钱，不差这点儿钱，老太太就想去北京，就满足老太太的愿望吧！到时候，我就提前办了退休手续，让孩子他爸爸把公司开到北京来，一起陪陪老太太！

她是个爽朗的人，又对我说：老太太就稀罕杏树，老家的房前种的就是杏树。这不，我先来北京买房，把杏树顺便也种上，明年，老太太来的时候，就能看见杏花开了！

听了她的这一番话，我的心里挺感动，难得有这样孝顺贴心的孩子。当然，也得有钱，如今在北京买一套房，没有足够的"兵力"支撑，老太太再美好的愿望，女儿再孝敬的心意，都是白搭。还得说了，有钱的主儿多了，也得舍得给老人花钱，老人的愿望，才不会是海市蜃楼，空梦一场。

第二年的春天，她家门前的三棵杏树，都开花了。我仔细看看杏花，和梨花一样，都是五瓣，都是白色，还是分不清它们，好像它们是一母同生的双胞姊妹。

可是，这家人都没有来。杏花落了一地，厚厚一层，洁白如雪。

今年的春天，杏花又开了，又落了一地，洁白如雪。依然没有看到这家人来。

清明过后的一个夜晚，我忽然看见对面一楼房子的灯亮了。主人回来了。忽然，心里高兴起来，为那个孝顺的女人，为那个从未见过面的老太太。

第二天上午，我在院子里看见了那个女人，触目惊心的是，她的臂膀上戴着黑纱。问起来才知道，去年春天要来北京前，老太太查出了病，住进了医院，盼望着老太太病好，可老太太还是没有熬过去年的冬天。今年清明，她把母亲的骨灰埋葬在老家，祭扫之后，就一个人来到北京。

她有些伤感地告诉我，这次来北京，是要把房子卖了。母亲不来住，房子没有意义了。

房子卖了，三棵杏树还在。每年的春天，还会花开一片如雪。


## 七


秋天，到福建长乐参观冰心文学馆。文学馆建得不小，二层楼房，楼上楼下空旷的展厅里，除了我，没有一个人。参观完毕，走出展览大厅，依然是空无一人。想在春水书屋的小卖部买一张木刻的冰心像，也找不到一个人。只有那几幅单薄的黑白木刻小画，在柜台里静静地待着。

一楼大厅里，在大海背景前端坐着冰心雕像。咖啡厅里的座椅空荡荡的。放映厅只有白白的一面墙。展厅外，喷水池后刻有冰心的名言——"有了爱就有了一切"，只是喷水池里没有喷一朵水花。

要离开文学馆了，忽然在墙边的灌木丛中发现一朵红色的朱槿，花开得那样鲜艳，却显得那样寂寞。

八

桂花落了，菊花尚未盛开，到丽江不是时候。想起上次来丽江，坐在桂花树下喝茶，喷香的桂花随风飘落，落进茶盏中的情景，很是留恋。

不过，古城到处攀满三角梅，开得正艳。三角梅，花期长，有点儿像月季，花开花落不间断。而且，三角梅都是一团团簇拥在一起，要开就开得热热闹闹，烂烂漫漫，像天天在举办盛大的Party。

在丽江古城，三角梅不像城里栽成整齐的树，或有意摆在那里做装饰，只要有一处墙角，或一扇木窗，就可以铺铺展展爬满一墙一窗，随意得很，像是纳西族的姑娘将长发随风一甩，便甩出了一道浓烈的紫色瀑布，风情得很。

从丽江到大理，在喜洲一家很普通的小院的院墙前，看到爬满墙头的一丛丛淡紫色的小花。叶子很密，花很小，如米粒，呈四瓣，暮霭四垂，如果不仔细看，很容易忽略。

我问当地的一位白族小姑娘这叫什么花，她想了半天说：我不知道怎么说，用我们白族话的语音，叫作"白竺"。这个"竺"字，是我写下的。她也不知道用哪个字更合适。不过，她告诉我，这种花虽小，却也是白族人院子里常常爱种的。小姑娘又告诉我，白族人的这个"白竺"，翻译成汉语，是"希望"的意思。这可真是一个吉祥的好花名。

# 九

那天，我去崇文门饭店参加一个聚会，时间还早，便去北边不远的东单公园转转。往前回溯，这里原来是八国联军入侵北京后他们的练兵场。新中国成立之后，将这块空地，由南往北，建起来了一座街心公园和一座体育场。这座街心公园便是东单公园，应该是北京最早也是最大的街心公园。

小时候，家离这里很近，常到这里玩。记得上了中学之后，第一次和女同学约会，也是在这里。正是春天，山桃花开得正艳。以后，很少来这里了。特别是有一阵子，传说这里的晚上是谈情说爱之地，很有些聊斋般的暧昧和狐魅，和少年时的清纯美好拉开了距离，更没有到这里来了。

如今，公园的格局没有什么太大的变化，假山经过了整修，增加了绿地和花木，还有运动设施。中间的空地，人们在翩翩起舞，踢毽子的人，早早脱了衣服，一身热汗淋漓。工农兵塑像前的围栏上，坐着好多人在聊天或下棋。黄昏的雾霭里，一派老北京悠然自得的休闲图景。

我在公园里转了整整一圈，走在假山前的树丛中的时候，忽然听见身后传来一声清亮的叫声：爷爷！明明知道，肯定不是在叫我，还是忍不住回过头去，看见一个四五岁的小姑娘正向她的爷爷身边跑了过去。她的爷爷站在一棵高大的元宝槭树下面，张开双手迎接她。正是槭树落花时节，槭树伞状的花，米粒一般小，金黄色，很明亮，细碎的小黄花落满一地，像铺上了一地碎金子。有风吹过来，小姑娘的身上也落上好多小黄花，还有小黄花在空中飞舞，在透过树叶间的夕照中晶晶闪闪地跳跃。

我的小孙子也是用这样清亮的嗓音叫着我：爷爷！

那是两年前的夏天，也是在公园里，不是东单公园，是在北海公园；不是槭树花落的时节，是紫薇花开得正旺的夏天。


2019 年 11 月底写毕于北京

# 补花记

在新书《咫尺天涯：最后的老北京》中，我写了一节《京都花事》，写了记忆中在北京我所知道的和所寻访的花。现在，忽然想到，还有几处重要的花，居然落下没有写。可见，有时候记忆并不可靠。虽说是亡羊补牢，却也应该补记上才是。

一处是中山会馆的玉簪花。

中山会馆在北京非常有名，相传最早是严嵩的花园别墅，清末被留美归来的唐绍仪买下，改建为带点儿洋味的会馆。1912年，孙中山当了大总统后来北京，就住在这里，中山会馆的名字由此得来。过白纸坊，从南横东街往南拐进珠朝街一点儿，就是中山会馆。中山会馆相当大，不算正院，光跨院就有十三座。所以，被清时诗人钱大昕盛赞为"荆高酒伴如相访，白纸坊南第一家"。

16年前夏天的一个下午，在中山后院的南跨院里，我见到一位老太太，77岁，鹤发童颜，广东中山县人，和孙中山是老乡。她家祖孙三代住在这里。

这是一座独立成章的小院，院门前有回廊和外面相连。我是贸然闯入，和老太太素不相识。不知为什么，老太太和我一见如故，搬来个小马扎，让我坐在她家宽敞的廊檐下，听她向我细数中山会馆的历史。说到兴头上，她站起身来，回到屋子里拿出厚厚的一本老相册翻给我看。小院里只有我们俩,安静异常,能听到风吹树叶的飒飒声。

翻到一页,黑色相册的纸页上,用银色相角贴着一张黑白照片,照片上是一个英俊的年轻人,坐在公园里镂空而起伏有致的假山石旁。她告诉我:这是我的先生,已经去世20多年了。我问她这是在哪座公园里照的。她说:这不是在公园,就是原来在中山会馆这里照的。说着,她走下廊檐的台阶,带我向跨院外面走去。我上前要扶她,她摆摆手,腿脚很硬朗。来到前面已经杂乱不堪的院子,她向我指认当年院里的小桥流水、花木亭台,和她先生照相的地方。一切仿佛逝去得并不遥远。

不知为什么,那一刻,望着照片,望着眼前的院落,又望着她,我心里非常感动。不仅感动于她和她丈夫的这一份感情,同时感动于她愿意将这一切讲给素不相识的我听。如今,如此信任一个陌生人,简直是天方夜谭了。

和她告别,她送我出院门,那一刻,仿佛我是她的一位阔别多年的朋友。出院门的那一刻,我忽然看见沿着院门南墙下种着一溜儿玉簪,正盛开着洁白如玉的花朵,像是为小院镶嵌上的一道银色花边。我指着花对她说:真是漂亮!她对我说:还是那年我和我先生一起种的呢!一直开着!

16年过去了,突然又想起那一溜儿玉簪花,觉得真对不起老太太。怎么可以把这玉簪花忘了呢?她对素不相识的你,是那样地好,那样地信任,心无设防,温情而热情。如果老太太还健在的话,今年93岁了。

不要说是年纪大了,记性一定就差了,是你没有把人家放在心上。偶然的邂逅,细小的碰撞,却有着人世间少有而难得的信任与真情，你当初的感动，只是瞬间烟花的绽放，并不是那一溜儿玉簪花几十年一直持久地开放。

另一处是槐花。

小时候，我们大院里，有一棵老槐树。在我们大院前的那条老街上，种着好多槐树。记忆中的北京城，槐树很多，几乎到处都可以碰到。槐树，应该是北京的行道树。这样的印象，其实是不准确的，并不是槐树占尽风光。因为北京的树木品种很多，行道树也不只有槐树。但是，这样的印象，对于我却是根深蒂固的。

这样的印象，源于小学高年级到初中那几年，粮食总是不够吃。各家都想办法挣点儿钱，好去换点儿粮票。在我们大院里，不知谁发现了，槐花可以卖钱。因为槐花晒干了，可以入药。我们这条老街的东头，坐落着同仁堂药店的制药车间，那里就可以收购槐花。这样的信息被印证，迅速传开。于是，夏天槐树开花的时候，我们大院里，很多家的大人孩子都举着高高的竹竿，拿着麻袋，开始打槐花。

这些竹竿，以前是晾衣服用的，现在派上了新的用场，挥舞竹竿，如同舞枪弄棒，是我们小孩子最爱干的事情。院子里的那棵老槐树上的槐花，哪里经得住这么多人打？很快，就被我们连叶子都快打光了。高举竹竿打槐花的队伍，浩浩荡荡，从院里出发，到大街上，到别人家的大院里，到处寻找槐树，为此和别的院子的人没少争吵，乃至打架。

因为我家的竹竿不够长，够不着槐树高枝上的槐花，母亲用绳子替我又绑上一节竹竿。记得有一次，打槐花的时候用力过猛，绑那一节竹竿的绳子断了，竹竿落下来，正好打在邻院一个大男孩的脑袋上。他二话没说，上来一把就把我推倒在地上，然后，又不依不饶，把我已经打好装了小半麻袋的槐花，都倒在地上，气哼哼地使劲儿用脚踩烂。我上前要和他打架，被院里的一个大哥哥拉住。回家的时候，他悄悄地把他麻袋里的槐花匀出一部分，装进我的麻袋里。

印象中，晒干后的一斤槐花才卖几分钱，或者最多是一角钱。但那时候一斤棒子面才要几分钱，这样的几分钱、一角钱，也是钱呀。因此，再便宜的收购槐花的价格，也没有减少大家打槐花的热情。槐树开花的周期长，能从六月一直开到八月，正好赶上我们放暑假，我们便将打槐花当成热热闹闹的游戏，连玩带打，不亦乐乎。如果碰上打架，架不住我们人多势众，很多时候，更愿意起哄架秧子。在生活艰辛中找乐子，成了打槐花衍生出来的附属品。那时候，年龄小，吃凉不管酸，不知道大人们的心酸，更不会懂得槐树的遭殃。

是的，我将槐花也忘了。少年时自己的经历都忘了，还能指望你记住别人的事情吗？都说好了伤疤忘了疼，都说少年不知愁滋味。其实，疼和愁，只是当时的感受，时过境迁之后，就像水过地皮湿一样，大多的记忆都早已结痂，或者如同经过筛子之后被漏掉，记住的永远没有忘掉的多。我们的记忆是有选择性的，记住了什么，忘记了什么，是命定的，是由性情、性格和信仰所决定的。它们像是相片的底片在显影液里的黑白显影，即使是再遥远的历史，再微小的事与人，在显现的那一刻，显现出的是你内心的一隅，让你可以羞愧，却无法遮掩。

前两天，在小区里散步，突然一阵风来，吹落了眼前一片槐花如雨，才发现这里种着一排槐树。这么多年了，天天和它们擦肩而过，却居然视而不见。又有一夜雨过，这里满地槐花如雪，才发现槐花居然是这样的多，风吹雨打，依然能顽强不歇地开放出新花来。

没有人再来打槐花了。


还有一处花，是1974年看到的，当时叫它猫脸花。

那时，我在一所中学里教书。那一年刚刚入夏，天就拼命地下雨，而且，很奇怪，必是每天早晨下，中午停。每天上午第一节课前，老师们陆续进办公室，大多都被雨淋湿，个个狼狈得很。印象最深的是有一天，一位教化学的女老师骑自行车来晚了，因为她第一节有课，刚进办公室，就听她抱怨：这雨也太大了，把我裤衩都湿透了！大家知道她在为迟到开脱，开脱就开脱吧，犯不上说自己的裤衩，多少有点儿让人不好意思。

没有想到，第二天，就轮到我不好意思了。出门没多远，我的自行车的车锁锁条突然奔拉了下来，挡住了车条，骑不动了。雨下得实在太大，我拖着车，好不容易找到个自行车修理铺，让修车师傅帮我修好车锁，我骑到学校，小半节课都过去了，学生看见的是淋成落汤鸡的我出现在教室的门口。

下午放学，骑上车没多远，车锁的锁条"当啷"一声，又奔拉了下来，又没法骑了。先去修车吧。修车铺离学校不远，修车的家伙什都放在窗外的一个工作台上，屋里就是家。修车的是个二十多岁胖乎乎的姑娘，比我教的学生大不了几岁，长得不大好看，一脸粉刺格外突出。我心想，肯定是接她爸爸的班，也肯定是学习不怎么样，不得已才来修车。

不过，人不可貌相，小姑娘修车很认真仔细，见她拉开工作台上满是油腻和铁末的抽屉，一边找弹子，一边换车锁里坏的弹子，却怎么也找不到合适的。她有些抱怨地对我说：谁给您修的锁？拿个破弹子穷对付，全给弄坏了，真够修的！她话是这么说，说得跟老师傅数落徒弟似的，却很有耐心地从抽屉里不停地找弹子，然后对准锁孔，把弹子装进去，不合适，再把弹子倒出来，重新装，像往枪膛里一遍遍地装子弹，又一遍遍地退出来，不厌其烦，也不亦乐乎。工作台上，一粒粒小小的银色弹子，已经头挨着头摆成一排，在夕阳下闪闪发光。

　　开始我心里在想，如果上学的时候有这份专心就不至于来修车了。后来，我对自己冒出来的这多少有些偏见甚至恶毒的想法而惭愧，因为她实在是太认真了，流出了一脑门儿的汗。为了这个倒霉的锁，耽误了她这么长的时间，又挣不了几个钱。

　　其实，她完全可以对我说这个锁坏了，修不了啦，换一个新的吧。她的工作台旁，就放着各种样子的新锁。换新锁，可以多挣点儿钱。我开始有点儿替她感到委屈，有些不落忍地这样替她想。可她却依然较劲地修我这个破锁，好像那里有好多的乐趣，或者非要攻占什么重要的山头，不把红旗插上去誓不罢休。而且，她还像个小大人似的，以安慰的口吻对我说：您别急，一会儿就好了！省得您过不了几天又去修，受二茬子罪！

　　我站在那儿看她修，看得久了，无所事事，就四下里闲看，忽然看见她背后的窗台上摆着两盆花。是两盆草本的小花，我走过去细看，花开的颜色挺逗的，每一朵都有着大小不一的紫、黄、白三种颜色，好像谁不留神把颜色洒在花瓣上面，染了上去，被夕阳映照得挺扎眼。我没话找话，便问她：这是你种的？

什么花呀？挺好看的！

　　她告诉我，这叫猫脸花。她又告诉我，这是她爸爸帮助她淘换来的药用的花，把这花瓣揉碎了，泡水洗脸，可以治粉刺。然后，她冲我一笑：说是偏方，也不知道管用不管用！

　　锁修好了，再也没有坏，一直到这辆车被偷。

　　现在，我知道了，她说的猫脸花学名叫三色堇。我读中学的时候，读过的外国文学作品中，好多地方写到了三色堇，觉得这个名字那么洋气，让我充满想象，甚至想入非非。后来，看到巴乌斯托夫斯基不吝修辞地形容它："三色堇好像在开假面舞会。这不是花，而是一些戴着黑色天鹅绒假面具愉快而又狡黠的茨冈姑娘，是一些穿着色彩缤纷的舞衣的舞女——一会儿穿蓝的，一会儿穿淡紫的，一会儿又穿黄的。"

　　我却忘了它。

　　如果修车姑娘长得好看些，或者当初她告诉我它的花名不是猫脸花，而是三色堇，我还会忘了它吗？

　　　　　　　　　　2020 年 7 月 26 日于北京雨中

# 辑二　素昧平生

# 素昧平生

读俄罗斯作家帕乌斯托夫斯基的自传《一生的故事》，其中有叙述巴氏童年的一桩小事，讲他在基辅一座叫马里因的公园里的林阴道上，见到一位身材高大的海军士官候补生，从他身边走过。他向往大海，却从来没有见过大海，便把对大海的全部想象，寄托在这个无檐帽下绣着金色船锚飘带的海军士官候补生的身上。他渴望也能像他一样当海军，或者海员，在大海上航行，到达他刚刚读过的斯蒂文森写的《金银岛》上。他竟情不自禁地跟在这个候补生的后面，跟了很长的一段路。候补生早就发现了，一直走出公园，走到大街上，候补生停下来，问他为什么总跟着自己。候补生明白了这个小孩子的心愿后，带着他来到街边的一家咖啡馆，为他买了一杯冰激凌，并从钱夹里拿出一张巡洋舰的照片送给了他，对他说：这是我的舰，送给你，留作纪念吧！

帕氏的这部《一生的故事》一共六大本，叙述了很多大大小小的故事，但是，不知为什么，巴氏在公园邂逅海军士官候补生的这个小故事，总让我难忘。

他们素昧平生，巴氏只是一个小孩子，候补生年龄不大，但也是成人了。一个成人，能那样善待一个根本不认识的小孩子，不仅善待，而且那样理解一个小孩子天真幼稚、充满想象的心，愿意停下脚步，感受、倾听并珍惜孩子这样一颗幼稚却美好的心，还为孩子买一杯冰激凌，送孩子一张巡洋舰的照片。不是所有的成人都能做到这样的，即使是孩子的家长，也未必如此。

我在想，我成年之后，是否在某个地方，在偶然之间，也曾经遇到过这样的一个孩子？没有，我没有遇到过。或者，其实，我遇到过，但我没有发现。我有些迟钝，或者，比如在公园里，我眼睛里只有面前的花草树木，湖光山色，心里只有自己的事情，便不会像风吹过花草树木，即使是不曾相识，也将花木的清香带到别处，带到远方。是的，有很多的时候，我的眼睛有些近视或远视，我的心像搓脚石被磨得千疮百孔。

如果，我也遇到这样一个孩子，并且敏感地知道这个孩子的心思，我会像这位海军士官候补生一样对待这个孩子吗？我不敢保证。每逢想到这里时，我都非常惭愧。我都会像帕氏一样，对那位海军士官候补生，充满敬意和怀念。

我仔细搜寻记忆，我的一生中，未曾做到如海军士官候补生一样，发现过一个孩子，帮助过一个孩子。那么，我是否在小的时候也曾经遇到过海军士官候补生类似的人物，对我有过帮助呢？

我想到了。在我四岁左右的一个黄昏，家里来了客人，父亲陪客人喝酒，母亲忙于炒菜，姐姐照顾着一岁的弟弟，我偷偷一个人跑出家门，跑出大院，跑到大街上，像一头没有笼头罩着的小马驹，四处散逛，看什么都新鲜，看什么都好玩。不知不觉，我越走越远，迷了路。黄昏落尽，黑夜降临，路灯闪烁中，我已经忘记了我当时哭还是没哭。记忆中，只留下我坐在一辆三轮车上，身边坐着的是一位警察叔叔。是他发现了街头失魂落魄的我，问清了我家住的地方，并叫上了这辆三轮车。一路街灯和街景如流萤一般闪过，三轮车左拐右拐把我拉到大院门口的时候，我记得警察叔叔没有下车，只是叫我一个人下车，看着我跑进大院，才叫拉车的车夫拉着他走了。而我跑回家，爸爸还在和客人喝酒，妈妈和姐姐居然没有发现我已经在街头逛荡一圈了。

这个警察和我也是素昧平生，虽然，他没有请我吃冰激凌，也没有送我照片，但一样让我难忘。回忆起这件事，我完全记不起这个警察的面容，也记不起他对我说过什么话了，那一晚的情景，却印在我的脑海里，我不止一次想他戴着警察大檐帽的样子，他弯腰和我说话时和蔼的样子。但是，这一切只是事过经年之后的想象而已。唯一的印象，就是在三轮车上他坐在我身边的模糊样子。说来也奇怪，那一晚之前的事，我什么也不记得了，我的记忆，就是从那一晚这个警察叔叔模糊的样子开始的。

我还想起另外一个人，是位老太太。是十三年前的春天，那时候，我腰伤恢复得刚刚能下地走路，出院之前，医生嘱咐我，一定要多出来晒晒太阳，补补钙，对于腰伤的恢复有好处。我开始遵从医嘱，天天早晨出来，先到小区的小花园里晒太阳。小花园里，种着月季、紫薇、丁香，花木葱茏，有老头儿老太太在树下练功打拳。小花园里还有几排椅子，坐着的也是老头儿老太太，和我一样，出来晒太阳，顺便闲聊家长里短。我因为是第一次来这里，从来没有见过这些人，插不进他们的聊天中，只能坐在椅子上呆呆地望着他们，望着天空。

几天之后，我身边坐着的那位老太太，忽然对我说了句话：我看见你总到这里来晒太阳，你得戴副墨镜呀！

我转过头看了看老太太，有七十多岁的样子，戴副宽边的墨镜。她接着对我说：你眼睛也别总直接看太阳，太阳光厉害，伤眼睛的，容易得白内障。

我谢过了她，当天就买了一副墨镜。第二天我到小花园，她看见我戴着墨镜，冲我笑了笑。

老太太和我也是素昧平生。她对我的关切，也许只是顺口而说，举手之劳，但让我心存感念，一直铭记。

有时，我会想，如果不是素昧平生，是自己的家人，或是熟悉的朋友，即使不熟悉，只是偶尔见过几面的人，还会这样让我难忘并感念吗？我想，起码会打了折扣。正因为素昧平生，这位老太太、那位警察，才让我难忘并感念至今。哪怕他们并没有像帕乌斯托夫斯基遇到的那位海军士官候补生一样，为帕氏买一杯冰激凌，送一张照片，有那样额外的赠品；哪怕他们所做的对他们而言只是举手之劳的区区小事；却正因为小事区区，正因为面对的是他们素昧平生的人，这些点滴小事，最可见是发自深心，是最自然不过的流露。这便是人存在于心的最本能的良善，是让我们相信艰辛乃至丑陋生活中却存在温暖和希望的最朴素的力量。

2020 年 8 月 17 日写于北京

# 从未谋面

小时候，还未上小学，或者刚刚上小学，有一天，父亲让我去小酒铺打二两地瓜烧。那时候，街上有一家小酒铺，就在我家住的大院斜对门，是1949年以前大酒缸改造过的，不过，依旧保留着大酒缸的特点，店里摆两张木桌，几条板凳，卖零散的白酒、黄酒和猪头肉、花生豆、拍黄瓜之类的下酒小菜，方便在那里喝酒的人。

我愿意干这种打酱油、打醋、买盐、买酒的活儿，找回来的零钱，可以给我，我能买点儿零食，或者到小人书铺借书看，借一本，一分钱。我拎着空瓶子跑到小酒铺，把瓶子递给老板，叫道："打二两白酒！"老板转身还没给我把酒从酒缸里扎上来，就听"砰"的一声，在不大的小酒铺里响得很厉害。是我惹祸了，我不小心，把放在柜台边上的一个大白粗瓷碗给碰到地上，摔碎了，里面盛的酒溅湿了我的脚面，酒味儿弥散在空气中。我有点儿吓坏了，下意识地转身跑了几步，跑到门前，愣愣地站在那里，觉得满屋人的目光都落在我的身上。我知道，人家肯定得要我赔钱，我除了打酒的钱，再没有其他钱了。如果让我回家找家长要钱赔，会挨骂的。我并不是要逃跑，是有些害怕。

一个粗壮的男人，立刻走到我的面前，一把抓住我的胳膊喝问道："想跑啊？白摔了我的酒？听响儿呢？"我想和他解释，但我一句话也说不出来。那人是先从柜台上拿走了下酒菜，回转身想再拿酒碗的，没想到，就这么一会儿的工夫，让我不长眼，把酒碗碰到地上。他揪着我不放，非得让我赔他的酒。我被他有些凶神恶煞的样子吓哭了。

就那么在门口僵持了好大一会儿，老板一手端着我的酒瓶子，一手端着一个大白瓷碗盛的酒，走了过来，先把酒递给了那个壮汉，再把酒瓶子递给了我。我和那个壮汉都有些奇怪，莫非老板善心大发了，小酒馆小本经营，赚钱不易的呀。老板笑着对我说："好了，别哭了，刚才有人替你把酒钱赔上了！"

我拿着酒瓶子转身就慌慌张张地跑回家了，竟然都没问一下是谁帮我赔的酒钱，也没有说句谢谢。但是，这件事我永远记着，长大以后，常常会想那位好心人是谁，长的是什么模样。

1974年的春天，我从黑龙江生产建设兵团调回北京。那时候，大学多年停办，没有新的毕业生补充，北京的中学老师极度缺人，从兵团抽调老三届中的高中生回北京当老师。我回北京，就是当老师的。

当时，我们农场的高中生被分配到丰台区各中学当老师，要先到丰台教育局报到，等待具体分配。丰台教育局离我家很远，需要到永定门火车站坐一站火车，因为父亲去世，家里只剩老母亲一人，需要照顾，我请同学去教育局替我报到。同学去了，得知我被分配到长辛店中学，好家伙，比教育局还远，离家更远了。同学打电话告诉我，我请他找教育局的人陈情我家有老母需要照顾的具体情况，请能够考虑分配离家近一点儿的中学。还真的不错，教育局的人听同学介绍我的情况后，立刻网开一面，大笔一挥，将我分配到离城里最近的东铁匠营中学。

这简直像是天方夜谭，我本人都没有到场，只是听同学这样一说，调动的事情立刻峰回路转，柳暗花明，说出来简直令人难以相信。但事实就是这样，而且，当时我连句感谢的话都没有说啊。

时至今日，我依然常常会想起这件事情，虽然一直不知道在教育局里替我办好调动手续的人是男是女，但我在心里常怀对他或她的感念，因为这件事情当时办起来是那样简单、干净，笔直得不用一点拐弯儿，甚至一点儿推诿或犹豫的停顿都没有，连贯得就像一道清澈的瀑布笔直而自然地流淌而下。

1977年底，我写下我的第一篇小说《一件精致的玉雕》，开始投稿，却是烧香找不着庙门。当时，我在丰台区文化馆的文学组参加活动，文学组的朋友看完小说后觉得不错，替我在信封上写下地址，再剪下一个三角口，连邮票都不用贴，就寄给了《人民文学》杂志。我心里直犯嘀咕，《人民文学》是和共和国同龄的老牌杂志，是文学刊物里的"头牌"，众人瞩目，以前在它上面看到的尽是赫赫有名的作家的名字。那时候，刘心武的小说《班主任》刚刚在《人民文学》上发表，轰动一时。我这篇单薄的小说，能行吗？

没过多久，学校传达室的老大爷冲着楼上高喊有我的电话，我跑到传达室，是一位陌生的女同志打来的，她告诉我她是《人民文学》的编辑，她说，你的小说我们收到了，觉得写得不错，准备用，只是建议你把小说的题目改一下。我们想了一个名字，叫《玉雕记》，你觉得好不好？我当然忙不迭地连声说好。能够刊发就不容易了，为了小说的一个题目，人家还特意打来电话征求意见。我光顾着感动了，放下电话，才想起来，忘记问一下人家姓什么了。

1978年的《人民文学》杂志第四期上刊发了这篇《玉雕记》。我到现在也不知道打电话的那位女同志是谁，不知道我的这篇小说的责任编辑是谁，那时候，我甚至连《人民文学》编辑部在什么地方都不清楚，寄稿子的信封都是文学组的朋友帮我写的。一直到20年后我调到《人民文学》杂志社，我还在打听这位女编辑是谁，杂志社资格最老的崔道怡先生对我说，应该是许以，当时，她负责小说。可惜，许以前辈已经去世，我连她的面都没有见过。

人的一生，世事沧桑，人海茫茫，从未谋面的人，总会比见过面的人要多。在那些从未谋面的人中，都是你所不熟悉甚至根本不知道他们经历、性格秉性的人。他们当中，能够有帮助过你的人，都是没有任何利害或功利关系、没有相互利用或交换价值，甚至没有任何蝇营狗苟的些微欲望的人，他们对你的帮助，是出自真心，是自然而然扑面而来的风、滴落下来的雨、绽放开来的花。那种清爽、湿润和芬芳，稀少，却是实实在在地存在，他们让你相信，这个世界哪怕龌龊、污染、丑恶，也不会泯灭人心与人性中的美好，让我们心存温暖而有生活下去的信心。

对他们说谢谢，他们是不需要这样单薄的话的。他或她让我感受到在世事沧桑之中，那种心地良善而简单清爽所带给人持久的感动和怀念。从未谋面，却那样熟悉，那样亲切，总会清晰地浮现在我的面前，定格在我的记忆里。

2020年8月12日于北京大雨未来之时

# 小店两章

## 小店门前

　　小区里有一家小店，主要卖水果蔬菜，兼卖肉蛋粮油。小店是河北保定农村一家人进京开的，老少两代四口，老两口负责收拾店里的东西，小两口负责进货和收银，个个勤快，进的货都很新鲜，又个个慈眉善目，和气生财。小店经营得很是不错，从一清早开门，到晚上打烊，人来人往不断。早晨尤其人多，大多是老人，退休不上班，图刚刚进来的沾着露水珠儿的水果蔬菜新鲜，先下手为强，捡进自己的菜篮里。

　　小店门前，有一排木制长凳，木凳后面有几棵合欢树，正是夏日开花的时候，花繁叶盛，洒下一片绿阴和花香，一直绵延到小店门前。买完水果蔬菜的老人，常坐在那里歇歇脚，乘乘凉，顺便张家长李家短地聊会儿闲天。有时候，我去买点儿水果或蔬菜，也爱坐在那里，爱望着小店门前闲看，那里如同一部正在放映的纪录片，不时变换着不同镜头中的景象，无技巧剪接一般，有别处见不到的精彩和别致。

　　我特别爱看合欢花影斑驳的小店门前，那里进进出出的腿和脚，形态各具，别看多是步履蹒跚的腿，但脚上的鞋却花样纷呈，不管是旅游鞋，还是凉鞋，都足够新款新潮。我猜想，大概有儿女自己穿腻的，淘汰下来的鞋，老人舍不得扔，穿在自己的脚上；但大多数是儿女孝顺，为老人新买的。过去老话说是，脚底下没鞋穷半截；如今，应该是脚底下没有新款的好鞋，都没法儿出门。

还有颤颤巍巍拄着的拐杖，敲得地橐橐地响着；甚至坐着费力摇着的轮椅，轮子上的发条反射着耀眼的光；也有推着花花绿绿的婴儿车，撑开花开一般的遮阳伞，次第交换，进进出出，如过江之鲫，川流不息，人气很足，让年轻人上班走后寂静又寂寞的小区，显得有了些生机。

门帘掀动时，会有阵阵空调吹的凉风泄出，也会有收银台结账的年轻小媳妇银铃般的笑声和爷爷奶奶亲切的呼唤声，成了小店的背景音乐。

我觉得挺温馨，这是小区难得一见的别样的风景。小区若没有这样的小店，买东西一律到超市，便少了这样邻里之间亲切交往的氛围。

这时候，小店的主人，那个小伙子，收银小媳妇的男人，手里拎着一大塑料袋生菜，从店里走了出来，走到长凳前停放的一辆电动车前。那一袋子生菜不少，足有十来斤，生菜轻，又蓬松，多着叶子，一袋生菜，占满了电动车车座前的空地。小伙子骑上车，两条腿只好使劲儿往外多开，罗圈腿一般，才能踩到脚蹬子。

坐在我身边的一位老奶奶问小伙子：这是往哪儿送菜呀？

小店有微信，只要加上微信号，小伙子可以骑上他的电动车负责送菜到家。不过，加微信号，让小伙子送菜的，一般不是老人，都是年轻人。倒不是老人不会玩微信，而是更愿意自己到小店里走动走动。老人不像年轻人陀螺打转一般忙着上班打拼，而且，还是愿意以往那种传统的购物方式，尤其买的是水果蔬菜，已经不能亲自到田里稼穑采摘，自己动手挑选水果蔬菜，毕竟还能让自己多少找回一点儿那种亲切的感觉。

小伙子已经发动着了电动车，告诉老奶奶：给205家送！喂鱼！说罢，嘟嘟嘟的，骑着电动车跑远。

老奶奶冲我撇撇嘴：喂鱼！

我很好奇，问老奶奶：喂鱼，用这么多生菜？

一刹吧，就没有多少了。再说，人家喂的可不是咱家鱼缸里养的小金鱼，也不是一两条！显然，老奶奶已经是见多不怪。

看见我有些吃惊的样子，她又对我说：还有养狗的呢。有一家，养了三条大洋狗，雇了一个人，别的活儿不用干，专门看狗，每天就是负责喂狗、遛狗，不仅要买狗粮，还要买肉给狗吃呢，肉就是让小店送！

原来，小店不仅方便为人服务，还方便为动物服务。这才是小区一道别样的风景呢。


## 小店除夕


小店去年夏天新开张。除夕那天，小店还在开着，大门口贴着告示，要开到下午，专门等着那些工作忙碌晚回家的人，可以到这里买他们需要的东西，尤其是过年包饺子的韭菜。

小店虽然只开了小半年，但天天地往来，已经和大家很熟悉，成了邻里街坊一般亲切。人们早已经看得门清儿是从河北乡间来北京打工的一家子经营这个小店，一家人忙忙碌碌，脚不拾闲，把小店弄得井井有条，红红火火。父母和儿子都是扎嘴的葫芦不大爱说话，儿媳妇爱说，嘴也甜，叔叔阿姨爷爷奶奶的，叫得很亲。人们都爱到小店里买东西，省了走路到外面的超市去，像是又回到过去住胡同的时候。胡同里的副食店（过去我们管这样的小店叫作油盐店），虽然没有现代超市那样的繁华，却绝对没有假货、过期货或缺斤少两。如果忘记带钱或者带的钱不够，完全可以下次再补上。如果是老人，买的东西多，儿子会主动上来帮你扛回家。如果你生病了，下不了楼，出不了门，只要你和小店扫下了微信，在微信里告诉一声，他们可以送货上门。小店成了大家的菜园、果园、后花园和开心乐园。

除夕这一天，小店开到了下午，然后，他们全家坐上儿子开的那辆面包车，回家过年。两个多小时的路程，只要不耽误除夕夜的饺子和鞭炮就行！儿媳妇笑吟吟地对来到小店里的客人，一遍又一遍重复说着，脸上一遍又一遍绽放出甜美的笑容。

有人给小店送来的福字和剪有卡通猪的窗花，这一家子都贴在了小店的窗户和房门上。人们说，是让你们带回家过年贴的。儿媳妇笑着说：现在就是过年了，贴在这里，我们不在，也显得喜兴，让它们替我们看店！

下午两点多了。小店里剩下的货物还有不少，特别是水果，香蕉、苹果、梨、橙子，还有新鲜的草莓和刚进不两天的杨桃。如果卖不出去，他们又带不走这么多，这一走，得过了正月十五才回来，全都得烂在这里。儿媳妇还在一直笑吟吟地结账收银，和街坊说着过年的话，爹妈的脸色却有些发沉，心里一定担心，这么多的水果，都砸在手里可怎么办！

吃过午饭休息过后的街坊们，专程到小店里买东西的不多，路过这里的不少，一看小店还开着门，这一家子还没有回家过年，都走进小店，好奇，也关心地看看，问问。自从社区里有了这家小店，这里人来人往，进进出出，热闹得很，也让人们亲近得很。以前买个菜买个水果，就是买瓶酱油，也都得跑老远去超市，超市很大，进去了，就淹没在人海里，谁和谁都不认识。有了这家小店，人们出家门抬脚就到，进来都是街坊，相互搭个话，越来越熟悉，越说话越多，小店成了大家的一个公共客厅，买了菜，买了水果，买了酱油醋糖，还交流了好多信息，说了好多家长里短的亲切的话。

儿媳妇见这么多人进来，高声叫喊着：所有的东西都半价处理了呀！街坊们都明白了，油盐酱醋糖，一瓶子一瓶子，一袋子一袋子，放在这里没问题，这些蔬菜和水果，必须得都卖出去，要不就损失了啊，那都是钱，都是这一家子的辛苦的血汗呀。

于是，不管需要不需要，进来的人，每个人手里都从货架上取下点儿东西，不一会儿，儿媳妇的电子秤前，居然排起了长队。儿媳妇把东西上秤称好，打出小票，递给人们，不忘说句：阿姨，您看看，小票上是不是打上了半价，要不是，您告诉我一声。人们说：不是半价，我们也会买的！还有人对儿媳妇说：待会儿回家，我会告诉街坊，让大家都来，你放心，这点儿东西都能卖出去！

我站在队后，听着这些话，心里很感动。在这座陌生的社区里，从来没有听到过这样亲切而贴心的话。普通百姓之间的良善，是温暖彼此最美好的慰藉。过去的一年，哪怕有再多的不如意和委屈，这一刻，也都随风而去。一年四季，有这样的一个年要过，真的很好，值得期待。

　　四点左右的时候，我专门到小店门口，货物真的都卖出去了。这一家正在打扫房子，然后锁上门窗，看见了我，向我挥挥手，鱼贯般挤进面包车。面包鸣响一声喇叭，扬长而去。望着车远去，西天正落日熔金。

　　　　　　　　　　2019 年 10 月 7 日重阳写毕于北京

# 平安报与故人知

家对门一楼的小院里，种着两株杏树，今年开花比往年早一个多星期，根本不管疫情肆虐全球，烂烂漫漫，满枝满丫，开得没心没肺。这家主人，每年春节前都会携妇将雏全家回老家过年，破五后回来。今年破五了，元宵节过了，春分都过了，清明也过了，他们还没能赶回家，不知是在哪里受阻或被疫情隔离。屋子里始终是暗的，晚上没见到灯亮，月色中显得有些凄清。小院里，任凭杏花开了，落了，一地缤纷如雪，又被风吹走，吹得干干净净。小院一直寂寞着，等候主人的归来。

在这样的非常时期，没有比平安归来，更令人期待。毕竟是家，平安归家，是世上所有人心底里最重要的期盼。

闭门宅家，一天天地看着对门的杏花从盛开到凋零，到绿叶满枝，心里期待着这家人一切安好。其实，也是对所有人的期待。我的孩子在遥远的国外，很多朋友在外地，甚至有人就在最让人牵心揪肺的武汉、襄阳、宜昌等地，可谓疫情的前线。怎么能不充满期待与祈愿呢？

无事可做，翻书乱读，消磨时日，忽然发现我国古诗词中，写到平安的诗句非常多。这或许是因为心有所想，才会句有所读吧。不过，确实俯拾皆是，可见平安是从古至今人们心心相通的期待与祈愿。如果做大数据的统计，猜想"平安"会是在诗词中出现非常多的词汇，可以和山河、明月、风雨、鱼雁、香草、美人等这些表达中国独有意象的词汇相匹敌。

"种竹今逾万个，风枝静，日报平安。"这是宋代一个叫葛立方的词人写的一阕并不知名的小令，但竹报平安却是我国尽人皆知的象征。这句词，写的是平常日子里的景象，其中一个"静"字，道出这样平和居家日子的闲适。如果在平常的日子里读，我会随手就翻过去，不会仔细看，觉得写得太水，大白话，没什么味道。如今读来，却让我向往，更让我感叹。即便日日足不出户宅在家中，没有任何人往来，屋里屋外，同样也是一个"静"字了得，心里却风雨交加，电视屏幕中全世界各地出现的确诊人数惊心动魄地频频增加，会让这个"静"字倾翻，对平安的期盼涌上心头。

"身投河朔饮君酒，家在茂陵平安否。"这是唐代王维的望乡之诗，远在他乡，喝着别人的酒，惦记着家人的平安，酒中该是何等的滋味。

"自别箫郎锦帐寒，凤楼日日望平安。"这是宋代陈允平的怀远之诗，写闺中情思。"从今日望平安书，我欲灯前手亲拆。"这是放翁的诗，一样的怀人念远，对朋友的牵挂，对平安书信的渴望。他们都强调了对平安日日的渴望与期盼。如果仅仅是和平时期日日时光的阻隔，便只是日常的情谊缠绵，甚至是儿女情长；如果是灾难的阻隔，那平安的分量便会沉重无比。"尺书里，但平安二字，多少深长。"同样是平安书信，同样宋代的词人，刘克庄的这句词，多少道出了这样的分量。

我所能读到的关于平安的古典诗词中，最让我感动并难忘的，是岑参的"马上相逢无纸笔，凭君传语报平安"。这是小时候就读过的诗句，那种在战争或离乱之中偶遇故人，无纸无笔，急迫匆忙之中让人传个话、给家人报个平安的情景，什么时候想起，都让人心动。比起同属唐代诗人张籍的诗句"巡边使客行应早，欲问平安无使来"要好；比起元代顾德润的"归去难，修一缄回两字报平安"，要好不知多少。

岑张顾三位，同样都是"归去难"，一个只是守株待兔般空等使者的到来，好传递平安家书；一个是已经写好哪怕只有两字的平安书信；一个是偶然与归家的故人相逢，请求转达平安的口信。一个是让平安如同栖息枝头的鸟；一个则是让鸟迫不及待地放飞家中；一个是根本没鸟，只是心意凭空传递，如同风看不见，却让风吹拂在你的脸庞和心间。平安，让相隔的关山万重显得多么沉重。岑参的好，是因为哪怕只得到平安的口信，也可以抚慰我们的内心。它会比接到真正的平安书信，更让我们感动，并充满想象。平安，在虚实之间，在距离之间，变得那样绵长，更是我们心底的一种期盼和祈愿。

同在望乡或怀远之中渴望平安消息一样，有关得到平安消息和终于平安归家的诗词，也有很多。"平安消息好，看到岭头梅"，这是文天祥的诗句；"旧赏园林，喜无风雨，春鸟报平安"，这是周邦彦的词；"难忘使君后日，便一花一草报平安"，这是辛弃疾的词。无论是得到平安消息，还是平安归来，他们都是将平安与梅花、春鸟，乃至一花一草，那些美好的意象联系在一起。平安，就是最美好的一种意象，一种无价的向往。因为平安是和无价的生命紧密联系在一起的，任何财富与权势，都无法与之相比。再如何"不惜千金买宝刀，貂裘换酒也堪豪"，便也抵不上"一花一草报平安"。

关于平安的近代诗词中，我最喜爱的是鲁迅先生和陈寅恪先生的两首绝句。

"我亦无诗送归棹，但从心底祝平安。"这是鲁迅先生 1932年送给归国的日本友人的诗句。这一年，日本侵略者将战火烧到上海，战争烽火中，人身的安危同那随海浪颠簸动荡的归棹一样，令人担忧，使得心中的祈愿是那样一言难尽，意味深长。

"多少柔条摇落后，平安报与故人知。"这是陈寅恪 1957 年写给妻子的诗句。这一年，陈寅恪在广州中山大学教书，校园里，印度象鼻竹结实大如梨，妻子为竹作画，陈题画诗中的后一联。这一年，刚经历反右斗争，其平安一联是写给妻子，也是告与朋友的。其中"柔条"和粗壮的象鼻竹毫不相称的对比，会让我们看到劫后余生的平安，是多么难能可贵，而让人们格外喟叹与珍重。陈寅恪为妻子写了两首题画诗，另一首尾联写道："留得春风应有意，莫教绿鬓负年时。"说的正是这珍重之意。可以说，珍重，是平安之后的延长线。平安，便有了失而复得之意，也有了得而再失的警醒。

人生沉浮，世事跌宕，无论在什么样的时代背景与生活境遇下，在什么样的动荡与变化中，哪怕我们早已经从农耕时代飞跃进电子时代，从古到今，平安都是为世界所共情共生的一种期盼与祈愿，万古不变。特别是在如今疫情全球蔓延之际，这种对平安的期盼与祈愿，更是让人把心紧紧攥在胸口。无论富贵贫贱，无论哪个种族、国家，无论是梵蒂冈的教皇还是不列颠的女王，无论是奔波在前线的战士还是居家的普通百姓，没有什么是比平安更重要的。"但从心底祝平安"，是我们的期盼；"平安报与故人知"，是我们的祈愿。

我一直隐隐悬着的心一下子放下来了——前两天的晚上，家对门一楼的房间里亮起了灯，橘黄色的灯光，明亮地洒满他们家的阳台。主人终于平安回家了。尽管错过了今年小院里的杏花如雪盛开，那两株杏树，已经绿阴如盖，也算是替他们守在家中，"一花一草报平安"了。

　　　　　　　2020 年 4 月 19 日谷雨雨中写于北京

# 厨房图书馆

十年前的春天，我到美国的新泽西靠近普林斯顿的一个小镇，住了半年。刚到不久，赶上我的一位朋友乔迁新居，我赶到他新买的房子为他稳居。他和他的女友当初都是国内名牌大学毕业，在美国八年，忙读博，忙工作，一直处于动荡的打拼中，女友早就升为老婆，却始终租房子住，总没有家的踏实感觉。终于买了房子，家才像个家。下一步，就是再要个孩子，一切就花好月圆了。

他们买的房子，在国内算作独栋别墅，在新泽西，却是常见的那种英国维多利亚式的老房子。二层小楼，面积不算大，被房主保养得不错，打理得很精致，最引我瞩目的是厨房，轩豁无比，大得和整幢楼都不成比例。最有意思的是，靠窗的厨台前那一溜儿长长的架子上，摆满装有各种调料的瓶瓶罐罐，足有二十来种，像是排着队挤在那里等候首长检阅的仪仗队。

朋友的妻子，就是一眼相中了这个厨房，才敲定买下这栋房子，不再跟着我的这位朋友东奔西跑无休止地看房了。房主从她望着那一溜儿调味瓶时惊讶得近乎夸张的表情中，看出她最得意的是厨房，是这一溜儿调味瓶，便在搬家前极其善解人意地将这一溜儿调味瓶原封不动地留给了她。房主在和她告别拥抱的时候，对她说：我们是同好，重视的是食物的味道！她连声对房主说：是的，味道是菜品的灵魂。事后，她十分得意地把她和房主的对话告诉给我的这位朋友，觉得自己的回答特别有哲理。

确实，朋友很有福气，老婆的烹饪和学问水平齐头并进，可谓落霞与孤鹜齐飞，秋水共长天一色。她做菜的时候，再不用为找不到合适的调料而埋怨我的朋友了。那天，在新居里，我们吃的就是她炒的菜品。她为我们做了一桌浙江菜，确实味道不凡，唇齿留香。她对我说：你下次来，我给你做法式大餐。然后，她指指厨房里那一溜儿调味瓶，又说，我这里还有不少专门从阿尔来的普罗旺斯调料呢。

那一溜儿调味瓶，给我留下深刻的印象。我从来没有见过哪一家的厨房里摆满这么多的调味瓶。如今，像她这样喜爱厨房钟情调味瓶的女人越来越少，尤其在国内，外卖盛行，手机微信点餐下单，很快就会收到各式餐饮，再美味的调味品，也等于厨房的油烟，让人无法宠爱，懂调味瓶的，绝对不如懂口红、眼影、面膜、指甲油品种和牌子的人多。

可惜，我没有等到我的这位朋友老婆允诺我的下一次的法式大餐，也没有等到他们添个孩子的花好月圆。前年秋天，我去美国，重访新泽西，打听我的这位朋友的情况，旁人告诉我：他和他老婆离婚有两年多了，他没告诉你吗？

我有些惊讶，但多少理解朋友没告诉我的原因。他是脸皮薄，他们两人虽不能说是青梅竹马，但起码在国内读大学时就在一起，又一起到美国读博打拼，度过十多年艰苦岁月，好不容易安定下来，怎么说离就离了呢？感情的事，都是脚上的泡，自己走出来的，跟别人说不清。

我的这位朋友知道我来新泽西，不好意思不邀请我到他家做客。去的路上，我的脑子里，首先出现的不是他和他的前妻，而是他家厨房里那一溜儿调味瓶。不知怎么搞的，我忽然想起布罗茨基拜访英国诗人奥登在奥地利避暑住的别墅，留给布罗茨基印象深刻的是那里的厨房，他这样形容："很大，摆满了装着香料的细颈玻璃瓶。真正的厨房图书馆。"厨房图书馆，这个比喻，真的太精彩了，只有布罗茨基想得出来。从厨房到厨房图书馆，是厨房的升级版，不是每家厨房都能够做得到的。

旧地重游，房子还是老房子，就是有些凌乱了。朋友又有了新的女友，不在一个地方工作，暂时两地分居。缺少了女主人的料理，房子里很多地方呈现出的，不是逝去的流年碎影，而是单身汉的狼狈痕迹。我特意到那间轩豁的厨房看看，那一溜儿调味瓶一个都没有了，长长的厨台架子上，空空荡荡的，像是荒芜的草地，像飞走了鸟的秃树枝。不用问，显然，我的这位朋友，还有他的新女友，都不钟情厨房，和调味瓶自然也就疏远了，为了扫去过去的影子，更会把它们扫地出门。

我再次想起布罗茨基的那个比喻：厨房的图书馆。没有了那一溜儿调味瓶，厨房就只是厨房，不再是图书馆了。

2020 年 6 月 1 日于北京

# 和孩子一起

一

　　高高三岁。我教他画画。

　　我拿来一张白纸，一支圆珠笔，递给他，对他说：你随便画，想画什么画什么！想怎么画就怎么画！

　　他听我这样说，毫不犹豫，信心十足，上来大笔一挥，弯弯曲曲的线条，像是链环一样，更像是铁丝一样，密密麻麻的，交错地套在一起，缠在一起，占满了纸上上下下的空间，仿佛他是在拿着水龙头肆意喷洒，浇湿了花园里所有的地皮，他自己也被浇得湿淋淋一身。

　　我问他，你说说，这是画的什么呀？

　　他摇摇头。以为我是在责怪他。他望着我，仿佛在说，你不是让我想画什么画什么，想怎么画就怎么画吗？

　　我拿过他手里的圆珠笔，在纸的左下端弯曲的乱线中他无意画出的一个圆圈的中间，画了一个小黑点。我又问他，你看这回像什么？

　　立刻，他兴奋地叫道，鸟！

　　是的，孩子笔下看似乱七八糟的曲线，瞬间就活了似的，变

75

成了一只抖动着漂亮羽毛的鸟。是动物园里从来没有见过的鸟，是我们大人永远画不出来的鸟。

我和他一起用彩笔，在这只鸟的不同乱线之间，涂抹上了不同的颜色。特别有意思的是，在眼睛下面露出的一个尖尖的小三角，好像是他刚才画时有意留出来的鸟嘴，我让他在那里涂上了鲜艳的红色。一下子，小嘴格外漂亮。孩子望着自己画的画，很高兴，刚才还是一团乱麻一样的曲线，现在像是变魔术一样，立刻变成了一只鸟，让孩子兴奋不已。

孩子最初的画，都是这样一团乱麻的曲线。从来没有见过哪一个孩子最初能够画出笔直的直线或圆形出来的。这和孩子最初学走路一样，总是歪歪扭扭，跌跌撞撞的，不会如同仪仗队那样笔直坚挺，健步整齐。但是，我相信任何一个孩子笔下任意挥就的曲线，都可以是一幅充满童趣的画。我们在毕加索变形的和米罗抽象的画中，都能够找到孩子们挥洒的曲线的影子来。比起直线，曲线就有这样神奇的魔力和魅力，它将万千世界化繁为简，浓缩为随意弯曲的线条，有了柔韧的弹性和想象力。

所以，与毕加索和米罗是老乡，同样出生在西班牙巴塞罗那的最著名的建筑家高迪曾经说过："直线是人为的，曲线是上帝的。"

曾经听说过曲线属于女人，却从来没有听说过曲线属于上帝，在高迪的眼里，曲线如此至高无上。从高高这第一幅画来看，高迪说的还真有点儿道理。大自然中，谁见过有直线存在吗？常说笔直的大树，其实是夸张的形容，树干也是些微的曲线构成，才真的好看，就更不用说起伏的山脉、蜿蜒的河流，或错落有致的草地花丛、鸟飞天际那摇曳的曲线。巴甫洛夫说动物都知道两点之间直线距离最短，其实在两点之间，动物跑出来的从来不会是一条直线，雪地里看小狗踩出的那一串脚印，弯弯曲曲的，才如撒下一路细碎的花瓣一样漂亮。

没错，直线是人为的，曲线是上帝的。也可以说，直线是大人的，曲线是孩子的。因为这个上帝属于自然、属于艺术，同时也属于孩子。因为只有这三者最容易接近上帝。

## 二

高高四岁。有很长一段时间，老师让孩子画画。幼儿园有很多彩笔和各种颜色，水彩，水粉，油画棒，油画颜料，各种颜色的纸张，应有尽有，任孩子随意挑选，随意挥洒，以此让孩子们玩，在这样的玩之中认识色彩。

记得画家高更曾经说过这样的话，色彩给我们的感觉是谜一样的东西，色彩经常赋予它音乐感，这种音乐感出自自然属性。高更说的色彩的这种"自然属性"，用在孩子的身上最恰当不过。孩子不懂色彩，他们的任意涂抹，才是色彩挥发的真正的自然属性。所谓自然，就是孩子的天性。大人，尤其是画家，懂得了色彩，这种自然属性会渐渐被人为所替代。

每天傍晚，幼儿园放学，老师会把孩子画的画交给来接孩子的家长。家长、老师和孩子，都会望着这些任性的画，谁也看不懂的画，忍俊不禁。这些画送走了孩子在幼儿园里尽情玩耍的一天。

这种无为而治的方法，我觉得不错，挺适合小孩子的。一般，我们往往愿意从具象的路数教孩子画画，比如教孩子先画个房子，画个太阳，画小花、小草、小兔子之类，如果孩子画得挺像，或者有点儿像，孩子和大人都非常高兴。

当然，这种方法没有什么不好，只是孩子在还很小的时候，对于具象的事物还无从把握，像，不应该是这时候教孩子画画最主要的策略和意图。像，往往容易束缚孩子最初画画的思维和乐趣，乃至积极性。我一直以为，像和不像，是我们最初教孩子画画的一个误区，是以我们大人的思维模式强加给孩子的，是不大符合这种年龄的孩子的心理特点的。

从某种意义而言，不像才是儿童画，太像了，就不是儿童画了。我一直认为，像与不像，是儿童画的分野。

可以先用蜡笔，再用彩色铅笔，让孩子随意挥洒（填颜色也是一种方法），在玩中体味画笔和颜色在纸上接触后变化的感觉，应该是教孩子学画画的前奏。这时候的孩子，个个都是抽象派大师。只要放开手，我们大人都可以是胜任教孩子画画的第一个老师。

我来教孩子画画，第一是让孩子画线条，就是乱画；第二是让孩子认识色彩，还是一个乱字——乱抹。

有一天，高高拿回好几张画，都是他用水粉在牛皮纸上涂抹的。一张是在暗红色的牛皮纸上，涂抹着几块白色的长条，和随手洒下的点点白色斑点（大概不是有意而是不小心），老师很喜欢这张，给它取了名字叫：Ghost（幽灵）。一张是在褐色的牛皮纸上横涂竖抹的，底色很沉，是那种棕色，还有一些黑色的斑斑点点，和一抹抹的橙黄，前面上方的一角，涂抹的却是一团纷乱鲜亮的红色和粉色。当然，这是我的观后感，小孩子是不会有那种明暗关系的感觉的，他只是随意泼洒着他手中的颜色，觉得挺好玩而已。

我更喜欢这张，把这幅画剪裁了一下，去掉了大部分，只留下了这一角，突出了上方的那一团鲜亮的红粉色，然后把它装进一个小镜框里。大家看了，都觉得好看。为什么好看，又都说不出来其中的道理和奥妙。好像前后色彩明暗的对比，是孩子有意做出来的，其实，如果真的让孩子按照这样意图来画，他就画不出来了。

那一团鲜亮的粉色和红色，像一朵盛开的花？那一抹棕色和橙黄，又像什么呢？像石头或者山崖吗？黑色呢？像山崖的顶端吗？

随你怎么想都行。

我给它起了个名字叫《山上的花》。

色彩给孩子快乐，还给了孩子成就感。漂亮的颜色，就像是给画穿上了漂亮的衣服。孩子对于颜色，天生会有一种比我们大人更多的敏感。记得我国最早到法国留学的画家之一庞薰琹先生，在回忆他小时候对画画的喜爱，最初就是从色彩开始，从家里晾衣绳上挂着的衣服开始的，他觉得那些颜色不一样的衣服色彩非常好看，他常常站在那些衣服之间看好久，痴迷阳光下闪烁着光斑的鲜艳的色彩。

那张幼儿园老师起名《幽灵》的画，后来被幼儿园展览。那幅我称之为《山上的花》的画，当时就被高高的爸爸拿走，拿到他的办公室里，放在他的写字台上。

## 三

没有一个小孩子不爱去动物园玩的。小孩子和动物有着天然的联系，在动物园里，再凶猛的动物，也变成了童话里的人物，孩子可以和它们交谈，甚至戏耍。

在孩子渐渐大了一点儿，有了一定的造型能力的时候，我以为教孩子画动物，是最好的选择，孩子愿意和你一起画。

要先找那些造型有特点，同时又好画的动物来画，不要选择过于复杂的。此外，不要先去画动物的四肢，四肢比较难画，先去画动物的头。总之，要避难就易。

兔子和狮子，是我喜欢用的最开始画动物的入门向导。

兔子的长耳朵，三瓣嘴，最明显，也最好画。你怎么把兔子画得变了形，走了形，比如脸变成了圆形或方形，都没有关系，只要长耳朵和三瓣嘴在，那一定就是兔子。

这是有一次我在一家美术馆里受到的启发。那里有一个儿童画室，四周的墙上，挂满了孩子们的画，画的都是兔子，千奇百怪，各种形状、各种颜色的兔子，都是兔头，好像那一墙的兔子刚把自己的脑袋从各种颜料桶里扎完猛子出来，色彩淋漓，特别醒目。说实在的，那些兔子的脑袋真的很好玩，连我作为大人都觉得非常奇特。这些兔子，不是动物园里真实的兔子，是只有童话里才可以出现的那种可爱的彼得兔，而且比童话书里大人画的还要有趣。它们是孩子心目中的兔子。

我拉着高高走到那里，让他来看，问他有意思没有意思。他也觉得有意思。然后，我让他从墙上的这些兔子中挑一只他最喜欢的，照着它也画一张画。

儿童画室中间，摆着一个长条桌子，桌子上面放着好多纸张和彩笔、胶水和剪刀，为的就是让孩子们坐在那里涂鸦。

高高坐在那里，很快就画好了，有墙上的榜样兔子在，又不算难。只要有一个三瓣嘴，有两只耳朵，尽管不一样长，只要足够长就行了。谁看完之后，都说画的是兔子！他也说是兔子！是他画的第一只兔子，属于他自己的兔子。

兔子，可爱的兔子，给了他信心，给了他乐趣。

我又教他画狮子，主要是画狮子头。那时候，他刚看完电影《狮子王》，余味未尽。我对他说：你画一个圆圈，我只要添上几笔，就能把这个圆圈变成一头大狮子，你信不信？

他摇摇头。不信。

我拿来一张白纸，说：你先画个圆圈。

他一笔就画完了，尽管这个圆圈画得并不那么圆。

我用笔先在圆圈中间画了两个小黑点儿，在下面画了一个和兔子一样的三瓣嘴，再在圆圈的四周画了一圈曲线。我问他：像不像狮子？

他说：像。

我又问他：难画吗？

他说；不难。

我又找了张白纸，把笔递给他：你也画一个狮子试试。

照葫芦画瓢，他在圆圈的四周用乱乱的曲线连在一起，这种曲线，他拿手，因为在很小的时候，他经常画的就是这样乱七八糟的曲线。如今，这样的曲线，越乱越不嫌乱，越乱，越像是狮子头上奓起来的那威风凛凛的鬃毛。就像兔子的头上有了那两个长耳朵一样，只要有了这样乱蓬蓬的鬃毛，一个圆圈就迅速地变成狮子了。

就这么简单。就这么容易。

他很高兴，问我：狮子的身子好画吗？

我说：太好画了，比狮子头还好画！

他让我接着教他画狮子的身子。

我对他说：狮子的身子，只要用一个三角形就能够代替。他在狮子头的旁边，画了一个三角形，尽管三角形小了点儿，和狮子的大脑袋不成比例，但就是一头在跳大头娃娃舞的狮子，有什么不可以的呢？

我在三角形最边的一个角上再添一个尾巴，他最后涂上了颜色，这头狮子就大功告成了。

这一年，高高五岁。

## 四

转眼高高九岁了。

入冬几场雨后，树上的叶子几乎落光了。地上铺满树叶，五颜六色，像铺上一层彩色的地毯。每天下午放学，高高见到我的第一句话就是，爷爷，咱们找树叶去吧！我们便先不回家，沿着落叶缤纷的小路找树叶。

他从画画转移到了找树叶做手工。

秋末时分枝头上的树叶，或金黄，或红火一片，在秋风的吹拂下，是那样灿烂炫目。如今，由于距离的变化，拿在手中，近在眼前，才发现同样都是枫树，有三角枫、五角枫和七角枫的区别。而且，不同的枫叶，像伸出不同的触角，活了一般，让那红色的叶脉弯弯曲曲，像是有血液在流动。不同流向的叶脉，让叶子的触角有了不同的弧度，那弧度像是舞蹈演员柔软而变幻无穷的手臂，富有韵律，让我们充满想象，便也成为做手工最佳的选择。

我和高高捡了好多这样红色和黄色的枫叶，回到家里，铺满一桌子，找出合适的叶子，用它们做成一只金孔雀和一只红孔雀。连我自己都惊讶，那一片片枫叶怎么那么像孔雀开屏时漂亮的羽毛呢？好像它们就是特意落在地上，等着我们弯腰拾起。高高更是高兴地拍着小手叫了起来，没有想到小小的树叶，摇身一变，竟然可以出现这样神奇的效果。

高高对我说：鱼最好做！没错，只要找好一片叶子，不管圆的也好，长的也好，都可以做成鱼的身子；再找好一片小点儿的叶子，最好是分叉的，比如三角枫，就可以做成鱼的尾巴。只要有了这样两片叶子，一条鱼就算做成了。

那些槭树和石楠的叶子，椭圆形，粗看起来，大同小异，细看却大有玄机。石楠叶小，槭树叶大。石楠叶薄，薄得几乎透明，红红的颜色像是过滤了一样，淡淡的胭脂似的，可以随风起舞蹁跹。槭树叶厚，又有光亮的釉色，像穿着盔甲的武士，似乎能够听到曾经挂在树枝上吹来的风声雨声。

槭树叶和石楠叶最好找，几乎遍地都是，我和高高常常如进山寻宝的人，总有些贪婪，弯腰拾起了这片，又抬头看见了那片，捧在手里一大捧，反复权衡，恋恋不舍，好像它们都是我们的至爱亲朋。我和高高一起用不同的槭树叶做成了不同形状的鱼，圆圆的，长长的，扁扁的，再用绿色的树叶剪成水草，贴在它们的旁边，鱼就像在水里面尽情地游动了。

当然，这些落叶，和枝头上的叶子相比，色彩也不一样了。别看落叶没有了在枝头连成一片的金黄和火红耀眼的阵势，但落叶也不是像落花一样，顷刻辗转成泥，溃不成军。落叶区别于树上叶子的重要之处，在于树上连成一片的金黄和火红，让所有的叶子变成了一种颜色，淹没在相同的色彩之中。落叶散落在草丛中，灌木间，或泥土里，却是色彩不尽相同，彰显每一片叶子舒展的个性。甚至色彩渗进叶脉，都让我们看得纤毫毕现，触目惊心，也赏心悦心。

同样是杜梨树上落下的叶子，经霜和被雨水反复打湿后，每一片叶子上的红色已经相同，那种沁入红色深处的黑色光晕，浸淫红色四周的褐色斑点，像磨出的铁锈，溅上的眼泪似的，似乎让每一片落叶都有了专属于自己的童话故事，更让每一片落叶本身都成为一幅绝妙而无法复制的图画。由于杜梨叶厚实，叶面上有一层釉色，显得很是油亮，每一片落叶都像一幅精致的油画小品。那些随心所欲而富有才华的大色块渲染，毕加索未见得能够胜上一筹。

我常会捡到一片好看的杜梨叶子，招呼高高过来看。高高也特别注意看那些落满一地的杜梨叶子，如果看到一片特别奇特的叶子，也会高声叫我：爷爷，快来看呀，这儿有一片不一样的叶子！

有好多天，我们两人都钟情于杜梨叶。路两旁有好多杜梨树，落下的叶子成堆。我们常常在地上仔细寻找，不放过任何一片闯入眼帘的叶子，常常会有美丽的邂逅而让我们赏心悦目，便常常会听见高高的大呼小叫：爷爷，快看，这里我又看见一片好看的树叶！

这片最好看最别致的杜梨叶，竟然是黑色的。那种黑，油亮油亮的，叶子边缘有一层浅浅的灰色，像黑色的火焰燃尽之后吐出的一抹余韵；像淡出画面之外的空镜头里的远天远水，充满想象的韵味。

我问高高：你见过这样黑色的树叶吗？

他摇摇头，说：没见过。

我对他说：爷爷也没见过。

我们用别的杜梨叶做的热带鱼或大公鸡，都让不同色彩的杜梨叶尽显各自的英雄本色，让那种不同的红色交织成一曲红色的交响。

我们用三片红红的树叶，做成了鸵鸟的身子，剪了一半的叶子做成了鸵鸟的脖子，另外两片叶子，成了鸵鸟的两条大长腿。

高高又用不同形状和颜色的树叶，做成一棵五彩树。这五彩树的名字，是他自己起的。树叶是他自己捡的，自己挑的，自己贴上去的。

树叶手工越做越多，摆满一桌子。高高问我：爷爷，你最喜欢哪个？

我说：我喜欢这个小丑。你看，这个小丑多有趣呀，黄色的叶子成了他的脸，三角枫做他的帽子，五角枫做他的裙子，那两片带刺的绿叶子，你看像不像他穿的灯笼裤？那片小小的三角形的绿叶做成他的领带，多扎眼呀。最有意思的，还有一个小丑抛在半空中的红苹果。他像不像正在演杂耍？

那个红苹果，是用一小片杜梨树的叶子做成的，是高高的主意。自然，他也喜欢这个小丑，只不过，这个小丑是我和他一起完成的，高高还是最喜欢他自己独自完成的五彩树。

转眼新年就要到了。老师要求大家准备送给每一个同学的新年礼物。放学回家，高高问我送什么礼物好。我说送你做的树叶手工多好！其实，他也是这么想的，只是，全班二十多个同学呢，爷爷，你得帮我！我帮他一起做了鱼、树、花、船……贴在一张张白纸上，用中英文写下了"新年快乐"的字样。高高把它们带到学校，结果被同学一抢而光，老师夸奖说真是别致的新年礼物！

这些新年礼物用了高高和我捡来的大多叶子，只是那片黑色的杜梨叶，一直没有舍得用。也不是真的舍不得，是不知道用在哪里恰好好处。高高曾经想用它做成一只海龟，它黑亮黑亮的釉色和粗粗的叶脉，还真有几分海龟的意思。也曾经想把它一剪两半，做成两条木船，在上面用银杏叶和红枫叶做成它们各自的风帆。刚上一年的他还拿不定主意。另外，要是做好了，他想送给老师，又想送给妈妈。到底送给谁，他也没有拿定主意。

2019 年岁末写毕于北京

## 辑三　风雨故人

## 和莱牌口琴

我在汇文中学读书的时候，学校的口琴队在北京市很出名。因为教授音乐课的季恒老师，是位当时颇有些名气的口琴演奏家，口琴队由他负责组织训练，名师出高徒，能够进入口琴队的同学，自然个个身手不凡。

我刚读初一，口琴队到各班选人，在我们班，选中了我和小袁两个人。我只去了两次，未再坚持。一是我并不大喜欢口琴；二是到口琴队需要每个人买一把口琴。我家那时拮据，我不忍心张口向家里要钱。小袁和我不一样，他的父亲在新中国成立前是个资本家，虽然经过公私合营，买卖归了公，但落魄的凤凰还是比鸡大，他家离我家很近，住在前门外一个独门独院的小四合院里，生活还是过得有声有色，一把口琴，算不了什么。

我和口琴队失之交臂，但和小袁一直是朋友。我们两个人从初中一直到高中，都在同一个班里。那时，每年班上组织的新年联欢会上，小袁的口琴独奏都是全班最受欢迎的节目。看到他吹奏口琴的技艺，芝麻开花节节高，我很为他高兴，也多少为自己没能坚持而有些小小的失落。特别是在高二那一年，看到他已经在口琴队荣升到领奏和独奏的位置，我心里这种失落的感觉，就更浓些。

那一年，我担任学校的学生会主席，负责组织各种活动，其

89

中包括一年一度的全校文艺汇演。文艺汇演中，必然得有口琴队的节目，他们在北京市的文艺演出中夺得过金奖，是学校的骄傲。那时候，我们学校和邻校慕贞中学的口琴队联手排练演出。我们汇文中学是男校，慕贞中学是女校，女生一色的蓝裙子白衬衣，站在舞台上，那么清新，再加上口琴声音的此起彼伏，更有一种风生水起的感觉。站在台下望着站在慕贞中学女生身旁的小袁，双手握住口琴得意的样子，我心想，如果当初自己也像他一样坚持到现在，不也可以一样站在慕贞中学漂亮的女生身边了吗？

高三毕业的那一年，学校停课，我和小袁——那时候，我们同学管他叫大袁了——一起热热闹闹地到湖南韶山、江西井冈山串联回来，整天无所事事。有时候，他会到我家找我，我也会到他家找他，彼此住得很近，抬脚就到。也没有什么可玩的，只是聊聊天。在他家的时候，他会拿出他的口琴，吹奏几支小曲，都是捡我能听得懂的外国民歌的曲子，《鸽子》呀，《红河谷》之类的。

只要口琴声一响，他的母亲便会走过来，悄声细语地对他说："小心点儿！留神隔墙有耳！"他父亲早早就把资产全部交公了，虽然顶着一个资本家的虚名，但不拿一分钱的利息，但他父亲的弟弟和妹妹都在美国，算是有海外关系，像有无形的阴云压在头顶，让他的父母尤其小心翼翼。

以后，大袁就只吹奏当时流行的歌曲，都是耳熟能详的，《我们走在大路上》呀，《山连着山海连着海》呀，以及《八角楼的灯光》之类的。有一次，他为我吹奏了一支曲子，挺好听的，和当时听惯的语录歌、进行曲不一样，抒情味道很浓。我没有听过，觉得很新鲜，便问他是什么曲子。他告诉我叫《北京颂歌》，是刚刚找到的一首新歌，旋律挺好听的。看我感兴趣，他就从抽屉里找来他抄的这首歌，我一看有曲谱，还有歌词，曲是田光、傅晶作的，词是田源作的。我抄下了歌词，每当他吹奏这支曲子的时候，我就跟着唱。五十多年过去了，这首歌我至今记忆犹新，还能背得下来歌词："灿烂的朝霞，升起在金色的北京；庄严的乐曲，报道着祖国的黎明……"

后来，我和大袁一起到北大荒插队，队上只要一演节目，我和大袁必然还要联袂演出这首《北京颂歌》，我唱，他口琴伴奏。

他把他心爱的口琴，带到了北大荒。但是，他在北大荒吹奏的口琴，可不是他自己带来的那一把。这件事，几乎所有同乘一个车皮去北大荒的同学都清楚。因为，那是众目睽睽下发生的事情。只是大家不清楚，这件事，几乎改变了大袁一生的命运轨迹。大袁和口琴的故事，这时候，才算是真正的开始。

我们是 1968 年 7 月 20 日，乘坐上午 10 点 38 分的火车，离开北京，到北大荒的。那一天，阳光格外灿烂，没心没肺地照耀在我们青春洋溢的脸庞上。火车快要驶动的时候，一位女同学泥鳅钻沙般挤过拥挤的送行人群，跑到车厢前，寻找到大袁，从车窗里递给大袁用一条花手绢包裹的东西。他们没有来得及说几句话，火车就已经驶动，缓缓地驶出了月台。我看见大袁将半拉身子探出窗外，使劲儿挥动着手臂，大声叫喊着她的名字。起初，我还能看见她跟着列车在跑，后来，车头喷吐出白烟，遮挡住了她的身影。火车越开越快，北京火车站只留下一个模糊的影子。这个场景，这个女同学的名字，和她修长的身影，都深深地印在我们这同一车皮的同学的记忆里。

这是一幅伤感的画面。生死离别中的离别一幕，在火车站上演，在大袁的青春时节上演，内心再有苦痛的一面，也有美好的向往一面。一时间，大袁抱着那件用手绢包裹的东西，很久没有说话，只是望着窗外，看着北京城渐行渐远。

火车刚刚开过丰台，同学们便再也忍不住好奇，再也不管大袁的心情了，让大袁赶紧打开手绢，看看里面包裹的是什么东西。

是一把口琴。就是以后在北大荒的日子里，大袁为我伴奏用的那把口琴。

以后的日子里，大袁告诉我，这是一把有名的口琴，是德国造的和莱牌口琴，以前，只看见过季恒老师用过这牌子的口琴。我不懂口琴，但我看得出，大袁很珍爱这把口琴，每一次用完之后，都会把口琴擦干净，放进琴盒，再用那条花手绢包好。我知道，礼物的意义，不在于礼物的本身，在于送礼物的那个人。更何况，我们一直在一所男校里生活了八年的时间，度过了整个青春期，难得有接触女生的机会。这是大袁第一次收到女生的礼物。那时候，我还从来没有收到过女生的礼物，心里颇有些羡慕嫉妒恨呢。

让我对大袁不满的，还在于他居然有了这么一个女朋友，从来都没有对我透漏一点儿信息，掩藏得够深的，不大够朋友。他忙向我解释：就是在学校口琴队和慕贞中学的口琴队联合排练的时候认识的，没有见过几面，后来偶然碰上了，就又联系上了。就这么简单，他自己也没有想到她会送自己一把口琴。而且，是一把名琴。听完之后，我心里酸酸地对他说：我要求不高，不奢望什么名琴，只要有人送我一条手绢就够了！

那时候，我们都特别爱写信，一写还写得很长。像莎士比亚剧中的那些长长的独白，我们愿意在信中抒情，将那时自以为是的膨胀的激情，化作滚烫而更加膨胀的语言，编织成一天云锦似的内心独白，抒发给朋友听。那时候，我没有女朋友，就在信中诉说给到全国各地插队的同学听。大袁有，便将心里话说给送他和莱牌口琴的女朋友听。我知道，这是我和大袁最大的区别，我的心里是一片萋萋荒草的荒原，他的心里却已经是一座鲜花盛开的花园。每一次，在队上联欢会上唱那首《北京颂歌》的时候，我是真的唱给北京的；大袁的口琴声则是送给北京的那个她的，每一个音符，便饱含实实在在的情意，绵绵长长，让整首曲子显得格外情深谊长，抒情的味道那样浓，浓得感动了我，更感动了他自己。

分别，会让思念加深。距离，会使感情加深。而青春时的幻想作用，更会让这种思念和感情诗化。在彼此的心里，这种思念和感情像一幅画，美得一塌糊涂。但在现实面前，却是那样不堪一击，瞬间就可以将这一幅画撕得粉碎。

我和大袁是到北大荒的第三个年头，才获得了一次探亲假，回到北京的时候，是这位女同学，到北京火车站接的他，我顺便沾了一点儿光，和大袁一起到她家吃了一顿饭。记得是冬天，吃的是涮锅子。我吃得津津有味，满头大汗，没有看出一幅美好的画即将被撕碎的一点儿端倪。她家住得挺宽敞的，看屋里的摆设，虽然没有大袁家那些红木家具，却也比一般家庭要富裕。她的父亲是八级（顶级）钳工，按照现在的说法是个大工匠。她的母亲很热情，频频为我们两人布菜，还特意为我们每人倒了一小盅二锅头。

那一年，大袁和她特意邀上我，爬了一次香山。那时候，我们只要回到北京，都特别爱去香山。我一直弄不清楚，究竟为什么大家对香山如此情有独钟。或许是对比城里的公园，香山比较清静，而且有山可爬，可以爬上鬼见愁，一览众山小，比较符合那时我们膨胀的激情吧。

　　那天，赶上大雪过后，香山踏雪，成了大袁暂短一瞬的爱情最后流连的记忆。大袁特意叫上我，并不是为了让我给他当灯泡，而是真心的朋友之邀，同时，也为了让我给他的爱情做见证。他特意借来一架海鸥牌相机，为的是让我给他们两人照几张相。他也带来了那把和莱牌的口琴，说是我们一起爬到鬼见愁，吹一支曲子给我们听。但是，那一天，从眼镜湖爬到玉华山庄的时候，我就不跟着他们再往上面爬了。看着他们在我前面说说笑笑甜甜蜜蜜的样子，我心里空落落的，有些酸楚。我有点儿小心眼儿，心想，爬上鬼见愁，大袁吹奏的口琴，是给她听的。高山流水，加上皑皑白雪，我就别再做多余的陪衬了。

　　一直到现在，我都非常后悔，没有陪他们两人爬上鬼见愁，因为那是他们第一次爬上鬼见愁，也是最后一次。更重要的，是大袁用她送给他的那把和莱牌口琴，第一次为她吹奏。我怎么也应该为他们俩拍张照片做个纪念才好。

　　一年之后，我和大袁再一次从北大荒回北京探亲的时候，没有人到北京站接我们了。大袁和她短命的爱情之旅到站了。原因很简单，她家因为了解到大袁的家庭出身和海外关系，坚决不同意他们继续交往。这在那个年代里，是常有的事情，而且，是应该料到的事情。只是大袁没有想那么多，他只想到由一把和莱牌口琴描绘出的一幅爱情的画，是那么美好，没有想到画外的风，会是残酷无情的。

那一年的冬天，我和大袁回北京的时候，她正在筹办婚礼，家里为她找的对象是位还在服役的军官。婚礼准备在春节期间举行，我对大袁说：买卖不成仁义在，我们是不是应该送点儿礼物，去看看她？大袁望望我，不置可否。不过，他没有去她家，而是在春节前自己一个人回北大荒了。本来说好的，我们俩在北京过完春节一起回北大荒。

过去的很多事情，像夏天的雨，来得快，雨过地皮湿，干得也快。唯独爱情的回忆，对于大袁却总还是那一幅画，并没有被风撕碎，还悬挂在他的心头。这我也理解，毕竟是大袁的初恋。

一晃，五十来年过去了。去年秋天，大袁微信联系我，他准备在今年春节前回北京。他父母早不在了，但他的两个姐姐还在，年龄都往八十上奔，好多年没有回北京过年了，他回来看看她们。我自以为是地觉得，这话里有他的弦外之音，他也是想看看她吧。

八十年代初，大袁从北大荒回到北京不久，就到美国读书去了。谁也没有想到，连他自己都没有想到，曾经陷他于爱情泥沼深不可拔的海外关系，在这一刻帮助了他。他读的数学，从本科读到博士，留校当教授，一直到前不久彻底退休，有了空余的时间，想起了回北京。

如今的大袁，已经成了老袁。但我知道，他吹口琴的爱好，始终没变。这个爱好，带给他美好，也带给他苦楚，别人不清楚，我是清楚的。记得他和我通微信，告诉我他要回来，让我帮助他找家好一点儿的饭店，邀请朋友们聚聚的时候，我用微信语音开玩笑地对他说：放心吧，我忘不了把她也叫上，你别忘了带上你那把和莱牌口琴，聚会的时候，得给我们吹吹那次你们俩爬上鬼见愁时吹的曲子。我到现在还没听过呢。他笑笑，根本没有接我的话茬儿。

大袁是元旦过后从美国回到北京的。可是，世事茫茫难自料，她在元旦的前几天就离开了人世。她晕倒在地上，被送往医院抢救，已经是胰腺癌晚期，不到两个月就走了。我到机场接了大袁，但是，我不敢告诉他这个消息。这个消息，对他过于突然，过于残酷。

聚会那一天，几个当年一起到北大荒的同学都来了。但是，她来不了了。我怕大袁没有见到她，会问起我，我不知道该怎么回答才好。不过，整个聚会的觥筹交错之中，大袁没有提一句有关她的话语，免去了我的顾虑。或许，过去的事情已经过去，他已经忘记，或者不愿意再提起了。

最后，大家起哄，让我唱那首当年在队上经常唱的《北京颂歌》，让大袁吹口琴为我伴奏。大袁站起身来说：对不住了，得让老肖自己一个人干唱了，我没有带口琴，也早不吹口琴了。

老袁这话不实。快过节了，想给他和他的姐姐拜个早年，前几天，我去他家看他——他家还住在前门外那个小四合院里，如今，这个四合院已经价值连城——刚进小院，就听见口琴声。这曲子，我没有听他吹过，有些哀婉，颤音很多，如丝似缕。我站在院子里，静静地听他吹奏完毕，才缓缓地走进他的房间。他已经把口琴收好，没有留下一点儿"作案"的痕迹。我没有跟他提我听到他吹口琴的事，但我猜得到，他一定已经知道她病故的消息了。如果我没猜错，他吹的一定是那次爬上香山鬼见愁后吹的曲子。而且，用的一定是那把和莱牌口琴。

我想起奥兹写的一篇小说，小说里的人物也爱吹口琴。奥兹借小说的人物说过这样一句话："优美的旋律，令人心碎，让人想起人与人之间依然有些短暂情感的日子。"恍惚中，我觉得这句话就是写给老袁的。

2019 年 11 月 10 日改毕于北京

# 曹灿让我想起星期天朗诵会

听到表演艺术家曹灿 1 月 8 日逝世的消息，我心里不觉暗暗一惊。时间过得真快啊，曹灿都已经 87 岁了，如今的年轻人知道的小鲜肉、流量明星比较多，知道他的大概不多了。但在我年轻的时候，曹灿却是那个时代的明星。流年暗换之中，价值系统和风向标一起不断在变更，很多曾经的风云人物被遗忘在流逝的风中。

曹灿的逝世，让我想起遥远的星期天朗诵会。如今，又有多少人还记得星期天朗诵会呢？

我读高一那一年，北京流行星期天朗诵会。朗诵者，都是当时活跃在话剧舞台上的名演员，偶尔也有电影演员加盟。朗诵的作品，主要是国内的诗歌，兼有一些外国诗歌。朗诵地点，一般在人艺、儿艺的剧场和中山公园的音乐堂。票价很便宜，听的人很多，以年轻人为主。热烈的场面，应该和现在的歌星演唱会差不多。一个时代，有一个时代的流行艺术；一个时代，有一个时代的追星族。我是那个时代星期天朗诵会的追星族。

痴迷朗诵，最初源于我们大院里一个姓许的大哥哥。许家的父亲是一位工程师，他家总会出现我们大院里的人没有见过的新鲜玩意儿。大约是我读初一的时候，许家哥哥的姐姐结婚。他的姐夫是印尼的华侨，两个人到印尼度蜜月回来，带回来一台录音机。是一台台式的录音机，个头儿不小，扁扁的，有一个小箱子大。录音的时候，录音机玻璃罩里两边的棕红色磁带来回地转，发出细微的沙沙响声，格外迷人。

那时候，许家大哥哥正读高中，他特别喜欢朗诵，放学之后，就趴在录音机前录音。我是第一次见到录音机，很好奇，几乎每天他趴在录音机前录音的时候，我和几个小伙伴就趴在他家窗户前听他朗诵。他看见我们，招呼我们进他家，让我们听他朗诵，我们便成了他忠实的听众。他朗诵的是长篇小说《林海雪原》中"攻打奶头山"的一段，他天天朗诵这一段，我都听熟了，几乎能背诵下来，让他朗诵点儿别的，他不听，还是朗诵这一段，录音这一段，让我们听这一段。

有时候，他朗诵得来情绪了，也让我们试试，对着录音机录下音来，再放出来听。我是第一次录音，感到非常奇怪，经过录音机录制，再从录音机里放出来的声音，和原来的声音不大一样，仿佛经过了化学反应，变得格外迷人，比自己原来的声音好听，好像不是自己刚才朗诵的声音。

那时候，我家没有收音机。我家隔壁的张家有一台新买的红灯牌收音机，每天晚上睡觉的时候，他家都爱听电台里播放的广播剧，我和弟弟便把耳朵贴在墙上，应该叫作"蹭听"。幸亏是秫秸秆墙，很薄，不隔音，从收音机里传出来的声音，穿越墙壁，听得很清楚。记得最清楚的是，一天晚上听广播剧《喜鹊贼》，这是根据赫尔岑的小说改编的，由人艺的演员舒绣文、董行佶等演播的。听得正入迷，收音机突然关上了。看看表，确实夜深，人家该睡觉了。我却怎么也睡不着了，翻来覆去在床上折腾，心里最盼望的是，将来长大，有了工作，有了工资，别的不买，先买一台收音机。

张家的收音机，也是我朗诵的启蒙老师之一。从它播放的那些广播剧里，我知道了好多话剧演员，在听星期天朗诵会的时候，登台朗诵的那些演员，舒绣文、董行佶、苏民、郑榕、蓝天野、朱琳、英若诚……好多都是来自人艺；还有中央实验话剧院的郑振瑶、北影的李唐、中央广播艺术团的殷之光……这些经常出现在星期天朗诵会上的演员，我个个耳熟能详。他们朗诵的张万舒的《黄山松》、闻捷的《我思念北京》、贺敬之的《西去列车的窗口》、严阵的《老张的手》、臧克家的《有的人》、韩北屏的《谢赠刀》、魏钢焰的《国际歌里的一个音符》、马雅科夫斯基的《败类》、约多的《诗七首》。还有记不起作者名字的《猴王吃西瓜》《标点符号》……即使几十年过去了，到现在，我还能清晰地记得，记得那些滚烫的诗句，记得那些演员朗诵时的情景。我是一个地地道道的追星族。

曹灿，是朗诵会上的一名佼佼者。当时，他是中央实验话剧院的演员。倒退五十多年之前，也就三十挂零的年龄吧，正是年富力强，朝气勃发。他个头不高，台风很稳，声音的辨识度很高。他的声音，不像董行佶那样浑厚，不像郑榕那样苍劲，也不像殷之光那样高亢尖锐。他的声音不属于厚重的那种，但他能够扬长避短，尽量不早地拔葱到高音区盘桓，而是愿意让口语化进入朗诵的情境之中，少有一般朗诵中常常出现的拿腔拿调或故作抒情状，而是在平易中抒发情感，并让朗诵的文本充满节奏和韵味。所以，他留给我的印象很深。记得《标点符号》《握手》，都是他朗诵的经典作品。

星期天朗诵会，和今天电视里董卿主持的"朗读者"节目不同。它没有主持人的主观介入和煽情表达，以及将朗读的文本主角让位于朗读者的位置倒置。在星期天朗诵会上，诗歌是绝对的主角，而不是朗读者的附庸或衬托。而且，星期天朗诵会直接面对观众，而不是隔着一个屏幕。它就像话剧和电视剧的区别一样，就像在大海里游泳和在泳池里游泳的区别一样，朗读者和观众直接交流互动，诗歌从书本和杂志上走下来，热乎乎，湿漉漉，和观众直接握手言欢，让你感到原来诗歌不仅可以看，还是可以读的，是可以和普通人相互呼应的。

在那些次星期天朗诵会上，我偶尔会碰见许家大哥。但是，他总是装作没看见我，大概嫌我小、太幼稚吧。也大概是因为他高中毕业没有考上大学，分配到一所小学当老师，多少有些不好意思吧。又或许是那时他正和学校里一位女体育老师谈恋爱，两人一起出现在剧场里，不大愿意让我看见。但是，他对于我的帮助，特别是他的朗诵、他的录音机，还是很让我感念的。可以说，没有他的朗诵，没有他的录音机，我不会痴迷星期天朗诵会。

星期天朗诵会，让我认识诗歌、迷恋诗歌，见识了诗歌和生活及大众的关系，也偷偷学着写诗，从而更加喜欢文学。在文学这条芬芳的小路上，年轻的时候，谁没有迷恋过诗歌盛开在小路两边和深处那些星星点点的花朵呢？更何况，星期天朗诵会盛行的时候，正是我读高一和高二的两年，求知欲的渴望，对新鲜事物的好奇和憧憬，如同一株小树，不管是天上的雨水，还是地上的露珠，都要如饥似渴地吸吮。

星期天朗诵会远去了。

曹灿也远去了。

一个时代远去了。

一个新时代来临了。


2020 年 1 月 9 日写于北京

# 老手表史记

上中学的时候，有一位女同学和我很要好。我们两家住得很近，她常来家里找我，一起复习功课，一起聊天，一起度过青春期最美好的日子。

高一暑假过后，她来我家，我忽然发现她的腕子上戴着一块手表。那个年月，手表是稀罕物，大人戴手表的都很少，我家生活拮据，父亲只有一块老怀表，却不是揣在怀中，而是挂在墙上，当成全家人都能看到的挂钟。一个中学生戴块手表，更是少见，起码，在我们全班没有一个同学戴手表。

那是 1964 年的秋天。她腕子上的这块手表，在我的眼前闪闪发亮，映着透过窗子照进来的夕阳的光线，反着光亮，一闪一闪的，像跳跃着好多萤火虫。

大概她发现了我在注视她的手表，对我说了句：暑假里过生日，我爸爸给我买的。说着，一把从腕子上摘下手表，揣进上衣的口袋里。这块手表，忽然让她有些不好意思。

这块手表，一直闪动着，伴随我们一起度过中学时代。"文化大革命"爆发了，学校停课了，大学关门了，前路渺茫，不知道等待我们的命运是什么。1967 年的冬天，我弟弟先报名去了青海油田，是我们这一群人中第一个离开家离开北京的。那一晚到火车站为弟弟送行，她也去了。火车半夜才开走，她家住的大院的大门已经关闭，她回不了家，只好跟着我们院里的几个孩子，一起来到一个人的家里，我们也都是同学，彼此很熟悉。这个同学家的屋子宽敞，我们几个孩子横倚竖卧地挤在各个角落里。

在一张餐桌前，我和她面对面坐着，开始还聊天，没过一会儿，就都困了，脑袋像断了秧的瓜，垂到桌子上睡着了。一觉醒来，我看见她双手抱着头，还趴在桌上睡着，随着呼吸，身子在微微地起伏，腕子上的那块手表，滴答滴答跳动，声音特别响。窗外，月亮正圆，月光透过窗户照进来，照在手表上，让手表成了舞台上的主角一般格外醒目。看不见她的脸，只看见她腕子上的手表，我仔细看着，看清楚了，是块上海牌手表。

那一夜，这块手表的印象，成为我们分别的记忆定格。一年之后的夏天，我们两人前后脚去了北大荒，我们两家各自的颠簸与动荡，让我们都走得那样匆忙而狼狈不堪，没有能为彼此送别，从此南北东西，天各一方。

1970年，我有了第一块手表。弟弟在青海油田，有高原和野外工作的双重补助，收入比我高好多，他说赞助你买块手表吧。那时候手表是紧俏商品，国产表要票券，外国表要高价。我本想也买块上海牌手表，却无法找到手表票，弟弟说那就多花点儿钱买块进口的表吧。可进口的手表也不那么好买，来了货后要赶去排队，去晚了，排在后面，就买不到了。是我中学的一个同班同学，他分配在北京工作，一清早到前门大街的亨得利排队，帮我买了块英格牌的手表。下了整整一夜的大雪，那天清早，雪纷纷扬扬的，也没有停。我的这位同学，是顶着纷飞的雪花，骑着车，帮我买到的这块英格牌的手表。

1975年的冬天，分别了整整8年之后，我和她阔别重逢。那时候，我已经从北大荒回到北京，在一所中学里当老师；她作为第一批工农兵大学毕业生，从哈尔滨途经北京到上海出差。她找到我家，尽管早已经是物是人非，但我一眼看见她腕子上戴着的还是那块上海牌的手表，不知为什么心里竟然一动，仿佛又看见了中学时代的她，也看见那时候的我自己。那块手表成了我们青春的物证。

我不知道她的这块上海牌手表一直戴到哪一年，我的那块英格牌手表，一直戴到 1992 年的夏天。那时候，我正从西班牙到瑞士，刚刚从苏黎世出海关，那块英格牌手表突然停摆了。回到北京，拿到钟表店修，师傅说表太老，坏的零件无法找到，没法修了。想想，这块瑞士产的手表，居然在踏进瑞士国土的那一刹那突然寿终正寝，冥冥之中，实在有些匪夷所思。

人生如梦，转眼 28 年过去了，我的这块英格牌手表，一直压在箱子底，没有舍得丢掉。看到它，我会想起为我买这块表的那位同学，和那天清早纷纷扬扬的雪花，也会想起她和她的那块上海牌手表。

很久没有联系了，年前一个下雪天的下午，没有出门，座机的铃声响了，接到的竟然是她的电话，熟悉的声音，即使隔着长长的电话线，还是一听就听出来了。我很有些意外，她说她的电话簿丢了，是偶然看见了她的一个三十多年前的老电话本，上面写的电话号码，都是她父亲的一些老同事和她自己的老朋友的，便给上面的每一个电话打打试试，看看还能不能打通，大部分都不通了，还真不错，都多少年过去了，我的电话还真的通了。

我告诉她，我的电话号码一直没变。我一直觉得，很多老的东西，是值得保留的，保留住它们，就是保留住回忆，保留住自己。逝去的岁月，再不堪回首也好，再五味杂陈也罢，就像卡朋特老歌唱的那样，它们能让昔日重现。

电话里，我们聊了很多，其中就有很多昔日的回忆，花开一般重现在电话筒里。我很想问问她的那块上海牌手表一直戴到哪一年。可是，在你来我往线头多得杂乱无章水流四溢的谈话中，这块手表的事竟然被冲走了。放下电话很久，我才想起忘记问这块手表的事了。又一想，这块上海牌手表，已是老古董，她肯定早就不戴了。不过，我相信，能保留着老电话簿，保留着老朋友的友情，她一定也会保留着它的。

我想起当年曾经一起读过并抄录过的济慈那首有名的诗《希腊古瓮颂》里面的诗句：

等暮年使这一世代都凋落，
只有你如旧……

你竟能铺叙
一个如花的故事，比诗还瑰丽……

济慈的诗是写给一只古瓮的，写给我们的手表，也正合适。

2020 年 5 月 20 日小满于北京

# 通向护城河的小路

俄罗斯诗人茨维塔耶娃在谈到她自己的创作时说："阅读就是对写作的参与。"我信。对于写作者，读别人的书，总会情不自禁地和自己的写作相关联，用书中的水浇灌自己的花园。

每一个人的生活都是芜杂的，甚至搅成一团乱麻，有很多场景、人物、细节，一直处于沉睡状态。在阅读的过程中，看到书中的某一处、某一点，忽然感到似曾相识，进而让你立刻想起自己的这些人物、场景或细节的一点一滴，便像一下子捅到你的腰眼儿上，让它们从沉睡中惊醒，从遥远处走来。写作的过程，就是一个被发现的过程，一个被唤醒的时刻。

那天，我读法国作家纪德的自传，看到他写了这样一段："在溜达的时候，我们像做有点儿幼稚的游戏，假装去迎接我的某个朋友。这位朋友大概在很多人之中，我们会看见他从火车上下来，扑进我的怀抱，嚷道：'啊，多么漫长的旅行！我还以为永远见不到了呢。总算见到你了……'但都是一些与我无关的人从身边流动过去。"

记忆在读到这里的时候被唤醒，我立刻想起了那条通向护城河的小路。

那条小路，离我家不远，出大院，往西走几步，穿过一条叫作北深沟的小胡同就是。小路是土路，前面就是明城墙下的护城河，河水蜿蜒荡漾，河边有垂柳和野花。沿着这条小路往西走不到一里，便是北京的前门老火车站。1959 年，新北京火车站没有建立之前，绝大多数进出北京的客车都要从这里经过。即使新火车站建立以后，这里还是货车站，好多年，货车依然要在这里进出。护城河的对岸，常常可以看见停靠或者驶出、开进的列车，有时车头会鸣响汽笛，喷吐白烟，让这条清静的小路一下子活起来，有了蓬勃的生气。

我常一个人走在这条小路上，一直走到河边，然后沿着河边往西走，走到火车站。我像纪德所说的那样："假装去迎接我的某个朋友。这位朋友大概在很多人之中，我们会看见他从火车上下来，扑进我的怀抱……"

其实，并不是朋友，而是我的姐姐；不是她扑进我的怀抱，而是我扑进她的怀抱。

我 5 岁的时候，姐姐离开北京，到内蒙古修铁路，每年探亲，都是从这里的火车站下车回家的。只是，姐姐每年只有一次探亲假，我便常常一个人走在这条小路上，幻想着姐姐会突然回来，比如临时的出差，或者和我想念她一样也想念我了。她下了火车，走出车站，走在这条回家的必经之路上，我就可以接到姐姐了，给她惊喜，扑进她的怀抱。

在我读小学之后，一直到小学毕业，我常常走在这条小路上，假装去迎接姐姐。尽管一次也没有接到过姐姐，但不妨碍走在这条小路上时的心情荡漾，即便是假装的，却是充满美好的想象，让思念的心情，像鸟有了一个飞翔的开阔的天空。这一份假装和想象，便一次次被这样的美好的色彩涂抹得五彩缤纷，伴随我度过整个童年和少年。

读高中的时候，我和一个女孩子要好，我们是小学同学，也是住在对门的街坊。懵懂的情感，尽管似是而非，却也因其朦朦胧胧而变幻得十分美好。那时候，几乎每个星期六下午放学回家之后，我都会偷偷跑出大院，穿过北深沟小胡同，走到这条通向护城河的小路，走到护城河边，然后一直往西走，走到前门火车站。那时候，22 路公交车站的终点站，在火车站前的广场上。我的这位女同学住校，每个星期六的下午，要从学校坐车到这里下车回家。这条小路，是她回家的必经之路。

走在这条小路上，如果碰见熟人，我会装作若无其事的样子。离火车站越来越近了，人渐渐多了起来，我也像纪德所说的那样："假装去迎接我的某个朋友。这位朋友大概在很多人之中……"当然，不会看见她从火车上下来，而是从 22 路公交车上下来。当然，她更不会扑进我的怀抱，我只要看见她，向她招招手就行。

可是，从高一到高三毕业这三年中，无论在这条小路上，还是在 22 路公交车站旁，我一次也没有接到过她。但是，就像我从来没有接到过一次姐姐一样，这并不妨碍我假装接到她的那一份美好的想象，和由此带来看到她脸上现出意外惊喜时我们彼此美好心情的绽放。

读完纪德这本自传，我专门回了一趟小时候住过的那条老街。老街还在，老北京火车站还在，变成了火车博物馆。老火车站前的 22 路公交车站不在了，我们的老院不在了，北深沟的那条小胡同不在了。护城河也不在了，护城河边的明城墙也不在了，那条通向护城河的小路更不在了。

老街在就行，老火车站在就行。我照着小时候也照着纪德所说的那样，沿着老街一直走到老火车站，"假装去迎接我的某个朋友。这位朋友大概在很多人之中，我们会看见他从火车上下来，扑进我的怀抱……"

真的，他们真的就从火车上下来，扑进了我的怀抱。

2020 年 6 月 3 日于北京

# 燕鸣仍在华威楼

## ——忆燕祥点滴

### 1

燕祥走了。我不敢谬托知己，因为我不是他的学生，也谈不上朋友。我只是和他同住华威一楼二十来年。虽然同住一楼，我不愿串门，疏于交往，很少去他家拜访，更主要的是不想打搅他。我一直以为，喜欢并敬重一位作家，读他的书就是了，这是更重要的。

但是，我和燕祥倒是常常见面。有意思的是，见面的地方是电梯内外。常常是在电梯里见到，便在电梯里说几句，十几层下来，出了电梯，有时会再接着说几句。电梯内外，是我们的会客厅。

印象深刻的那一次，是2011年的中秋节，天有点儿阴，在电梯上又见到了燕祥。我刚在《新民晚报》上读到他写的诗《八十初度》，问他："您还没到八十呢！"他笑着对我说："我都七十八过三个多月了，就是已经开始过七十九岁的日子了，所以叫八十初度。我是1933年生人。"我笑着说他："您这也太四舍五入了！"

一晃，九年过去了。那么硬朗，那么真诚，又那么幽默的燕祥走了。

## 2

燕祥几乎每天都会下楼出来散步。他告诉我，每天快到中午，太阳好的时候和晚饭过后，出来散步两次，各一个小时。很多时候，他的路线是这样的：向东走过农光里，再向南到首都图书馆，最后顺着三环路折返回来。

记得他曾经写过一首关于散步的诗，其中有这样几句："他曾经跌倒/不止一次/不要人扶掖/他又爬起……从20世纪到21世纪，/从蹒跚学步到从容漫步，/这个在中国散步的人，/这个在天地之间散步的人/他/就是我。"这几句包含着漫长历史容量和心情跌宕的诗，我想应该就是在这样的散步中得来的吧。

我和他在电梯里相见，大多是在他要外出散步或刚散步回来这两个时间段。

他见我不怎么下楼，问我身体怎么样。我说还可以吧。他劝我说："还是多下楼走走，接接地气。"

说起身体，他对我说，"老了，病了，并不可怕，怕的是这样两点：一是眼睛别瞎，什么都看不见了；二是别瘫在床上，生活不能自理。"最后，他对我说，"那还不如死了呢！"

我忙对他说："您身体不错，记忆力又那么好，再接着多写点儿东西！"

他说："是！想写写我生活周边的人，许多曾经帮助过我的人，应该感恩。"

如今，他曾经担心老境之中的这两怕，都未曾发生。他走得那样安详，走的前一天，依然散步如常。

## 3

很多人都认为燕祥的笔多沉郁，对于历史和现实，彼此镜鉴，多有讽喻，内含锋芒。这自然是不错的。在我看来，同样写杂文，同样写旧体诗，燕祥更多一层文学功底和自省精神。后者，秉承的是鲁迅解剖自己更多一些的传统。前者，则是他年轻时积累下来的文学素养。前者来自才情，后者来自思想。

多年前，曾经读过他的一篇文章，记录1958年他下放到沧县的一段往事。因为沧县是我的老家，我便格外注意，随手抄录了他在沧县看京剧《四进士》之感触的一节："那地方戏班里老生一板一眼唱出的'我为你披戴枷锁边外去充军'，一样悲凉，仿佛发自我的肺腑，并久久萦回在耳边。选择这个剧目，我想出于偶然，倘有并不偶然处，就是这是剧团的看家戏，经常用以待客，绝对没有深意，以古讽今，控诉不公，等等。你心为之动，似有灵犀，只是说明你个人的阴暗心理，与荟萃了旧文化精华和糟粕的旧戏曲依稀相通。"

还读到一则短文，题目叫《纸窗》，说的是1951年的事情。郑振铎的办公室在北海的团城上，他去那里拜访，办公室是一排平房，郑振铎的写字台前临着一扇纸窗，郑对他兴致勃勃地说起纸窗的好处，最主要的好处是它不阻隔紫外线。老人对这种老窗，才会有这样的感情。事后，燕祥回忆那一天的情景写道："心中浮现一方雕花的窗，上面罩着雪白的纸，鲜亮的太阳光透过纸，变得柔和温煦，几乎可掬了。"将纸窗的美和好处，以及人和心情乃至梦连带一起，写得那样柔和温煦。"几乎可掬"，写得真好！

从这两则段落中可以看出，他对细节捕捉的能力，亦即布罗茨基所说的"在每一个句子里都要放上一个细节"的能力；在隐忍有节制的叙述中传递思想与感情的感人力量；也可以看出他内心柔软的一隅。这是他杂文之外的另一番功夫。

我曾对他讲起读完这两则文章的感受，他只是谦和地笑笑。然后，他对我说，前些年他还专程回沧县看过。沧县不是他的老家，一股浓浓的乡愁，却在他的眼中和话语中流露。

4

我曾经请教过他：记忆力怎么这样好？很多事情，都过去了几十年，为什么还能记得这样牢？写得这么须眉毕现？

他指指自己的脑袋，说："都是凭记忆，个别地方翻了材料。史家写的就是材料，提供了很好的证据。我是从个人的经历、角度，为历史提供一份证言。年轻时的事都在大脑记忆的沟回里了，忘也忘不掉。"

然后，他又对我说了句："还有一点，死猪不怕开水烫，只要你把自己当成死猪，写起来，就什么都想起来了，什么也不怕了！"说完，他自嘲地嘿嘿笑了起来。

# 5

一次，我在电梯里碰见燕祥送一位长者下楼，燕祥向我们做了彼此的介绍，我才知道这位就是大名鼎鼎的吴小如先生。他们是老朋友了。我知道吴小如学问丰厚，字写得也好，得他父亲吴玉如先生的真传。

燕祥见我喜欢吴先生的书法，特意借我一本吴先生小楷抄录宋词的新书，对我说："写楷书最见功夫。"我说："是，现在草书行书最蒙事行！"他接着对我说起有官员借水行船，靠官位写字卖钱，冒充书法家。然后说起吴先生的一则轶事，有人见吴先生字写得那么好，问道：您是书协会员吧？吴先生答道：会写书法的人，一般都不入书协！说完，我们两人相视，不由笑了起来。

燕祥的字写得也很漂亮，清秀而有书卷气。有一次，我从汪曾祺纪念馆回来，在那里见到燕祥题写的一副对联，雕刻在门前的柱子上。见到燕祥，我告诉他。在他家，他拿出一张照片给我看，上面是题写着"何满子故居"的匾额，然后对我说："看了人家吴小如的字，咱们都不敢拿出字来写了。"

我说："您的字一看就练过。"他说："小时候练过小楷大楷，但老师没教过用笔，到现在也不会用笔锋。"

他说得谦虚，但很实在。

## 6

吴小如先生病重期间，燕祥约我一起去探望。行前，他嘱咐我，不要开车去，也不要打的去，咱们一起坐地铁十号线，下了地铁站，到小如家很近。

这让我没有想到，我本想燕祥年纪那么大了，让他挤地铁，心里过意不去。但他说得不容置辩。我知道，他是不愿意麻烦人。这符合生活平易而低调的他的性格。

他又嘱咐我，不必带什么礼物，要带就带几本你的书。这又让我没有想到，小如先生是长辈，我又是头一次去他家，总应该带点儿礼物，才合乎礼数。但是，燕祥说得依然不容置辩。我只好从命，带去了几本小书。

地铁不算太挤，车厢里还有座位。我们坐下，燕祥的爱人从包里掏出两块巧克力，分别递在我和燕祥的手里。是圆形的巧克力，包着漂亮的金纸，上面印着莫扎特的头像。我对他们二位说：这种莫扎特巧克力，我在芝加哥音乐商店里见过，一块要一美金呢。他们笑笑。巧克力很甜，莫扎特伴随我们颠簸一路。

## 7

我很少到燕祥家骚扰。印象中好像只到过两次，顶多三次。记得第一次到他家，书房的桌上和地上堆满了书籍、杂志和报纸，他笑着对我说："我这儿快成堆房了！"然后又说，"堆房这词，你是老北京，你懂，大概好多年轻人不明白怎么回事了。"

没错，老北京人管仓库叫堆房。

那次，是在电梯里遇到他，他说看了我在报上写的一则文章，谈到帕乌斯托夫斯基的《一生的故事》，他想看看，可惜没买到这套书。我说，我拿给您看看吧。他说我跟你上楼去取。他是要出门的，我哪里好意思让他跑一趟。尽管我从来都管他叫燕祥，但他是我的长辈，只是一直觉得这么叫着，比叫先生或老师更亲切。他也从来没有怪我，总是那么谦和平易，还对我说：我们是校友呢。对，我们还是汇文中学的校友，但他是年长我十多岁的老学长了。

《一生的故事》一套六本，我给他送书那天，在他家里聊过一次，算是比较深入的交谈。帕乌斯托夫斯基是我非常喜爱的一位俄罗斯作家，我问他对帕氏的认知和理解，然后向他请教俄罗斯文学对于中国文学尤其是对他们这一代作家的影响。燕祥学问深厚，对同代作家有着惊人警醒的认知，见解不凡，明心见性。谈到帕氏时，他告诉我：帕氏一战时当过卫生员，属于历史问题不清吧，所以，十月革命之后，他一直远离政治漩涡。但他的作品的文学性、艺术性很强，属于文学史上少不了他、但又上不了头条的作家。然后，他打了个比喻："有点儿像咱们这儿的汪曾祺。就像林斤澜说的，他自己和汪曾祺是拼盘，不是人家桌上的主菜。"这个比喻，说得真是精到而别致，意味无穷。

那一次，我们还谈到俄罗斯的很多作家，其中谈到诗人伊萨柯夫斯基。20世纪50年代，我国翻译出版过他的《论诗的秘密》和他的诗集，很出名。他写的歌《喀秋莎》《灯光》，更为人熟知和传唱。爱伦堡访华时，艾青陪同，向爱伦堡问起伊萨柯夫斯基，爱伦堡一脸不屑，说他没有文凭，是个土包子，只会写写歌词之类。后来，燕祥听翻译家蓝英年说伊萨柯夫斯基一辈子操守不易，没有写过一首歌颂强权和霸主的歌，对其很是敬佩。后来，在一次为伊萨柯夫斯基修建墓地而捐款的活动中，燕祥捐了一千元。

## 8

有一次，说起苏联作家柯切托夫。有一段时间，柯切托夫在我国很有名。我对燕祥说，"文革"期间，柯切托夫的长篇小说《你到底要什么》，曾经作为内部书籍出版，在北大荒知青中很流行。我还读过他的另一部长篇小说《叶尔绍夫兄弟》。

燕祥对我说，柯切托夫当过苏联文学杂志《十月》的主编，思想僵化，是个保守派。但他有工厂的生活，他的长篇小说《茹尔宾一家》写得不错，还拍成了电影。因为有生活，他的作品很多是主题先行，一直到后来他写的《州委书记》《你到底要什么》。这一点，有点儿像浩然，只不过，一个有农村的生活，一个有工厂的生活。

然后，燕祥话锋一转，对我说，老舍也属于这样的作家，有生活，会写。当年，周总理交给他任务，他都能写得出，《龙须沟》《全家福》《红店员》呀，都是这样的作品。

我插话说，肖斯塔科维奇后来反思自己的创作时说：不为订货而写交响乐。

燕祥接着说，但老舍他有底层的生活，知道怎么写。就像当年胡絜青告诉他抗战期间北京的事，那时老舍人没在北京，照样写出了《四世同堂》一样。

最后，他补充一句：鲁迅说自己世故，我看老舍更世故。老舍自杀，是因为觉得自己没有了希望。

和燕祥聊文学，我觉得特别有意思，他特别能够将外国作家和我国作家联系到一起做比较，就像吴小如先生倡导的"对读法"，也像是为你穿上一双带冰刀的鞋，在冰面上带你迅速滑向另一个新天地，让你的眼界豁然开朗。我有时想，如果能有人专门和他聊聊这方面的话题，听听他的臧否指点，虽只是寥寥数语，却很有现实意义。他洞烛幽微，知人论世，有识见，有锋芒，一下就捅到人的麻筋儿上，比有些评论家长篇大论却茫然不知所云的文章要有趣得多。

## 9

在电梯间里，常是匆匆一面而后匆匆一别。蒙太奇镜头一样，剪辑出燕祥的身影、话语和思绪。那身影瘦削而坚韧，犹如木刻；那思绪简短而深邃，犹如绝句；那话语，犹如回忆里清晰的画外音。

他常给我以鼓励。有一次，他对我说："看到你写的《上一碗米饭的时间》，有契诃夫味儿。"这是极高的褒奖，我受之有愧，连连摆手，心中却十分温暖。

有一次，我下电梯，他上电梯，正好相遇，他没有上，和我交谈了好一会儿。他直率地对我说："我给你提个建议，现在写老北京的人不多，我看你还行。"然后，他问我，"你是戏剧学院学编剧的吧？"我说是，他接着说，"现在人艺还有点儿北京味儿，青艺（现在国家话剧院）演什么'豆汁儿'，他们以为豆汁儿就是北京味儿？"然后，他很郑重地对我说，"我建议你写一个，不是剧本，是长篇小说。"我谢过他，说："您和袁鹰老师一样，袁鹰老师也让我写个长篇。可是，我水平不够，积累也不够，不行呀！"他连连摆手说："你行！你怎么不行！"

分手的时候，他一把握住我的手，笑着说："你要是写出来了，别忘了，要给我一个建议奖！"他就是这样幽默的一个人，手很有劲儿。

这是去年秋天的事情。这之后，我去南方，到年底回来，没有再见过他。今年疫情以来，更是无缘见面。如今，偶然在空荡荡的电梯间里，忽然感到很寂寞。

## 10

十年前夏天，我到美国探亲，无事可做，学习写旧体诗，刚好在图书馆里借到燕祥的一本新书，读罢写了一首读后感：

半世风雨付逝川，一书览罢夜阑珊。
不堪斜日遭劫日，无奈余寒涉水寒。
忆在心中伤近史，言超象外叹长天。
几人别后思前梦，歌舞朱门自管弦。

回北京后，见到燕祥，将诗抄给他看，也是请他指教。在当今文人中，燕祥旧体诗，既有古风，又有现代感，还有难得的自嘲幽默，写得相当好。他认真看后，鼓励我，并指出几处格律有误。

后来，燕祥写给我两首诗。他的坦诚自省，还有他的古诗学养，都让我感佩并感慨，让我学到很多。

如今，燕祥走了，听到消息当天，我很伤感，写了一首小诗，以怀燕祥：

夜凉如水梦如流，世乱犹耕笔似牛。
百首独吟惊后事，一书相别问前羞。
鉴心明月出沧海，证史文章到白头。
人去自寻日斜后，燕鸣仍在华威楼。

想燕祥可以看到。

2020 年 8 月 28 日于北京

# 白桦树皮诗笺

到北大荒的第一年冬天，在七星河南岸修水利，我们知青被分配住在当地一个叫底窑小村子里各个老乡家。我住一家跑腿子窝棚，东北话管单身汉叫作跑腿子。他的家空荡荡的，除了一铺热炕和炕上的一个小炕桌，再有外屋连着炕的一个锅灶，没有其他的陈设。

他有四十多岁的样子，长得像头生牤子一样壮实，不大爱说话。那时候，知青住在谁家，每天晚上收工后的晚饭，就在谁家吃，最后统一给饭钱。他做饭很简单，没有什么好吃的，但有馒头、大碴子粥，有酸菜、冻土豆，能吃饱肚子。盘腿坐在炕桌前吃饭的时候，他爱喝两口老酒，顺便给我也倒上一盅。没有什么下酒菜，他一般就着干辣椒下酒。他一口辣椒一口酒，看着就辣得慌，他却非常享受，嘴唇沾着红红的辣椒末，一张嘴像在喷火。在北大荒，除了他就辣椒下酒，我没见过第二位。

这个小村处在一座原始次森林的边上，风景很幽美。老林子里什么树都有，最漂亮的是一片白桦林。这只是当时我浅薄的认识而已，因为除了松柏和杨柳，我只认识白桦，并不认识其他的树木。其实，柞树、椴树、青枫树、黄檗罗树也都很漂亮，却都是后来才认识的。觉得白桦林最漂亮，主要还是从书中得到的先入为主的印象。没来北大荒之前，看过林予的长篇小说《雁飞塞北》和林青的散文集《冰凌花》，还读过俄罗斯好多诗人的诗歌，他们都把白桦林写得美不胜收，让我对白桦林充满向往和想象。在想象的作用力下，一切都染上了青春时节想入非非的色彩。

那时候，我喜欢写诗。记不清在俄罗斯哪位诗人那里看到他将诗写在白桦树皮上，心里特别向往，也想把自己的诗写在白桦树皮上，寄给远方的朋友，这该会让朋友多么惊喜。那一年，我21岁，却依然稚气未脱，充满着那个时代所批判的小布尔乔亚的浪漫情怀，或者如同当地老乡谐谑所说的，不过是傻小子睡凉炕，全凭火力壮。

收工早时，或歇工时，我一个人悄悄溜进林子里，寻找白桦林。积雪很厚，没过脚脖子，踩在脚下咯吱吱地像碎玻璃在响。阳光从密密的树枝缝隙筛下来，一绺一绺的，如同舞台天幕上打下来的散射光柱，映照得远处的白桦林一闪一闪的，每一棵白桦都像是穿着长筒白靴子的长腿美女，亭亭玉立地在那里等待着演出开始。白桦树皮很好从树上剥下来，有的已经干裂的口子，可以不用小刀，用手就能直接剥下来。不一会儿，就剥下好多，我选择了两块平整厚实的白桦树皮，带回跑腿子窝棚。

那时候，我爱用鸵鸟牌天蓝色的墨水，天蓝色的诗句，抄写在洁白的白桦树皮上，一下子就洇开了，每一个字立刻像花朵绽开了花瓣，让那些字有些变形，变得不大像我写的，好像白桦树皮是个魔术师，让我写下的诗句变换了另一种模样粉墨登场。这让我觉得特别好玩，想象着寄到远方朋友那里，朋友看到后惊讶的表情，心里满是心悦，忘却了修水利的辛苦和寒冷。如果说诗是当时艰苦生活之中的一种顾影自怜的自我慰藉，那么，写在白桦树皮上的诗，更是对苦涩的青春时节的一种诗化、幻化，甚至是自以为是的美化。不过，这尽管显得有些可笑，却毕竟给我的青春残酷的记忆里存有一丝丝诗意。那一年修水利，用炸药炸开冻土层的时候，飞起的土块砸伤了我的右腿，留下一块伤疤，也留下白桦树皮诗笺的一点温暖记忆。

写好的那两块白桦树皮的诗笺，没过几天，竟然就萎缩了，干裂出好多大口子。别看北大荒室外朔风呼啸、天寒地冻，屋里却烧得很暖，这里紧挨着老林子，木头有的是，大块大块的松木桦子，可劲儿扔进火炉里，火苗蹿起老高，烤得人发热，本来就很干燥的白桦树皮，更经不住这样烤，无可奈何地被烤裂了。

那个跑腿子走过来，看到我手里拿着裂了好多大口子的两块白桦诗笺发呆，冷笑两声，没说什么，走出了屋子。那冷笑中，明显带有几分嘲笑，天寒地冻的，还玩这种小把戏？晚上吃饭的时候，他就着他的辣椒下酒，给我倒了一盅，我没理他，也没喝他的酒。

我又进林子剥下几块白桦树皮，在上面写好了诗，放在屋子的外面，让它们风干。但是，几次试验，还是失败了。离开了白桦树的树皮，还是裂开了口子，而且，脆薄得一碰就坏。白桦树皮，变成白桦诗笺，就像从朋友变为恋人，不那么容易呢。

开春时分，七星河开化了，老林子回黄转绿了，大雁清亮地叫着飞过底窑的上空，修水利的活儿算告一段落了。最后一顿晚饭，跑腿子熬了一锅酸菜白肉，不是他特意寻摸来难得的猪肉，而是底窑这个村子特意为知青杀了一头猪的缘故。地方的村子和我们农场常互通有无，要搞好关系。

他照例倒上酒，也给我倒上一盅；照例就着干辣椒下酒，也递给我一根辣椒，让我尝尝，难得说了句：饺子就酒，越喝越有；辣椒就酒，也是越喝越有。我没敢吃这玩意儿，他接着劝我：你吃了它，我给你个好玩意儿！我还是没吃，心说你一个跑腿子，能有什么好玩意儿！他见我没吃，一下站了起来，跳下炕，对我说了句：你还不信？就走出了里屋。不一会儿回来了，手里拿着个东西，走过来递在我的手里：看看！我能骗你吗？

我接过来一看，原来是一块白桦树皮。

他爬上炕，盘腿坐在炕桌前，指着白桦树皮对我说：你以前弄的那玩意儿不行，树皮一干就瘪犊子了，得让树皮带一点儿树肉才结实。

听他这么一说，我才注意到这块树皮确实厚一些，还发现上面油晃晃的，很光滑，便问他：你涂油了？

他点点头：涂了一层桐油。它就不裂了。

我谢了他，一口咬下那根红红的干辣椒，喝了一口酒，辣得我的嗓子眼儿直喷火，不住地咳嗽。他呵呵大笑起来。

第二天，大便都是火辣辣的。

2020 年 4 月 22 日于北京

125

# 洋桥记事

## 红毛桃树

1970 年代后期到 1980 年代初期，我在洋桥住了好几年。那个地方，位于陶然亭南一两公里，我住的时候，四周还是一片农田，为什么取了洋桥这样一个名字？在我住的一片房的北面倒是有一条河，河上有一座水泥桥，莫非以前的桥是洋人所造，或者造的桥是洋式的？我家南面不远，过一条小马路（如今成了三环路），是马家堡村，清末最早修的铁路火车站就设在那里，后来才移至前门。我住在那里的时候，老火车站的旧石基还在。那时候，火车也是洋玩意儿，在火车站附近建座洋式的桥，也是非常可能的。对于洋桥这个地名，我不明就里，一直这样猜想。

当年铁道兵修建北京地铁之后，集体复员，留在北京安家立业，洋桥那一片房子，是专门为他们修建的，占用了一片农田。一排排整齐有序的红砖平房，每一户的面积一样，都是一套一大一小的两间房子，人称"刀把儿房"。每一户门前，有一座小院。如果能有上下水，再有小区的绿化，就是现在的花园洋房呢，和洋桥这个地名就相匹配了。

可惜，那时，那里只是一片城外简陋的红砖房。别看这样，那时，孙颙、蒋子丹、理由、石湾等作家，都曾经来那里找过我，那时的文学还没有完全贵族化。不过，文学再美好，也难以装点那里的简陋。除了简陋的房子，和前面的一片荷花塘，四周没有一棵树，没有一朵花。所有的树，所有的花，都是种在各家小院里的。这些铁道兵和他们的家属，个个都是种植能手，不少人家选择种菜，也有不少人家选择种花种树，即使种菜的人家，也会种一两棵树，但大多数是果树，为了秋天可以摘果子吃，实用为佳。

隔我家一条小道，把道口的是乔家的院子，他家种的是一棵桃树。他家夫妻俩三十多岁，都是湖南人，我管他们分别叫老乔和乔姐。他们有两个男孩子，个头儿差不多，起初我以为是双胞胎呢，后来才知道小哥俩相差一岁，都才上小学不久，都贪玩不爱学习。那时，我在中学里当老师，老乔到我家找我，请我到他家为这两个调皮小子补课，一来二去，渐渐熟了起来。

那时候，我的孩子不大，才三岁。那年初秋，我带孩子到老乔院子里玩，老乔一见孩子来了，非常热情，立刻从桃树上摘下一个桃，用衣襟擦了擦，递在儿子的手里，让孩子吃。他家的桃树虽说长得不错，花开得也艳，但没有经过嫁接，结的是毛桃，青青的，还没有完全熟，青皮上毛茸茸的。儿子望着桃，又望望我，没有吃。我知道，他是嫌脏。老乔在看着儿子，我知道他的好心，怕他以为我们嫌弃他，赶紧从儿子手里拿过桃，塞进嘴里，一连啃了几口，连声说：不错，不错，你种的这桃还挺甜的呢！这倒不是奉承话，他家的桃脆生生的，还真的有点儿甜味。

乔姐从屋里走出来，手里拿着一根香蕉，递给儿子，然后冲我数落老乔：看老乔，桃还没熟，哪有就给孩子吃的！

乔姐个头儿不高，人长得俊俏，眉眼里常有笑。老乔复员后，乔姐从农村老家来到北京，一直守在家里，忙里忙外，把大人孩子伺候得有里有面儿，外人谁见谁夸。她手巧，会绣花，会做菜，特别做得一手家乡地道的米粉，街坊四邻都知道，不少人尝过，连连夸赞，口口相传，成为洋桥一绝。

我第一次吃米粉，就是在老乔家。把大米碾成面，过罗筛净，用水和面，摊成薄如纸的薄饼，上锅蒸，然后，切成粉条状，再下水煮熟，和北京人常吃的切面，夏天吃的凉粉，完全不是一回事，特别细嫩滑爽。关键乔姐调的汁是一绝，不知道她都放了什么调料，只看见最后撒上白芝麻和花生碎，真的是又酸又辣又甜又香，我特别向她学来了这一手，常在家中拌凉菜时露上一手。

或许就是因为我一口吃掉了他家那个还没有熟透的毛桃，老乔对我有了信任的好感，以后，常常到我家串门，聊聊闲天。人和人之间的关系，就是这样，越走动越熟络，素昧平生中多了一份难得的相亲相近。

过了年开春的时候，之所以那一次记得这么清楚，是他家的桃树开了花，老乔特意折下一枝桃花，送到我家。大概他看到过我家有个细颈的红色花瓶，爱插点儿塑料的假花附庸风雅，让我把这真桃花插在花瓶里赏花。

我看得出，送花只是药引子，老乔是憋了很久，终于把藏在心底的悄悄话对我讲了。原来是各人都有一颗红亮的心，各家也都有一本难念的经。老乔一直怀疑他家的老二不是他的，因为他当时是铁道兵，服役在部队里，那年过年休探亲假，过完年就立刻回部队了，没再和他媳妇在一起，那孩子是从哪儿来的？老乔对我说：我跟你是句不脸红的实话，就是临走前一天晚上，跟她干了一炮，一年多也没再见过她，算算日子不对啊，你说那孩子是哪儿来的？后来，老乔又听说，他媳妇和村里的一个男的相好，这日子算来算去，就越发觉得不对头了。这日子总会在他心里翻滚，只要那么一算，过去的日子就搅和进今天的日子里来，像打架一样，折腾得他很受伤。

小十年过去了，这日子像块心头上系的疙瘩，系成了死结。他告诉我，弄清楚孩子的事，他想和他媳妇离婚。可又一想，都小十年过去了，孩子一口一口亲爹叫着，他和孩子的关系也特别好，再说，媳妇对他一直也挺好的，他对我说：跟你再说句没羞没臊的话吧，她床上伺候我的那事弄得我也挺美的，一想到这儿，我又舍不得了。

我看出来了，虽然疙瘩系成死结，但他一直犹豫不决。这有些像钝刀子割肉，让他的心里更加痛苦。我劝他，一日夫妻百日恩，离了，这么好的媳妇，你上哪儿找去？他便连连点头说是，我也知道没处再找了，可就想把真相弄清楚……我打断他：真相弄清楚了，有什么用？弄清楚的真相，有时候就是一块大石头，不是把你砸晕，就是把你砸死！

那天以后，老乔找我，不再提这件旧事了。他家的日子过得平平稳稳，院子里的那棵桃树，每年春天开花开得旺旺的，每年秋天结的桃个头儿不大，却都脆生生，挺甜的。每年春天，老乔送我花；每年秋天，老乔送我桃。我也常到他家，他的那两个调皮蛋虽然学习成绩没有什么大的提高，但多少爱学习了，也算是有点儿进步。乔姐的米粉做得还是那样好吃，因为我喜欢吃，她常打发孩子端着碗，给我送米粉来。

我是 1983 年的年底搬家离开洋桥的，分别的时候，老乔和乔姐帮助我收拾行李、装车，有些像亲戚一样，彼此说着祝福的话，依依不舍。

由于工作忙，杂事多，大约三年多以后的开春，我才回洋桥一趟，看看老街坊。先走到老乔的院门前，看见他种的那棵桃树长得老高，缀满桃花的枝条探出院墙，迎风摇曳，红艳艳的，开得热烈。站在门外，我高声大喊——"老乔!"谁知走出屋子，为我开门的男人，我不认识。我问，老乔不住在这里了吗？他告诉我：搬走了。我问他搬哪里去了，他摇摇头。

我找到其他老街坊，问老乔怎么搬家了。老街坊叹了口气，告诉我：老乔真是太倒霉了，把人家的孩子养大，人家的亲爹找上门来了，带走了孩子，还把他媳妇一起也带走了！我异常惊讶，忙问这是什么时候的事情。老街坊告诉我：就是你搬走不到两年的事儿！我又问：他媳妇说走就跟人家走了？她不是跟老乔关系挺好的吗？老街坊叹口气：要不怎么说呢，女人的心，比坑深，猜不透!站在旁边的另一位街坊说话了：也怪老乔自己，他媳妇跟着他来到北京，一直在家伺候他，他也不说帮助她找找工作，年龄都不大，谁愿意当一辈子家庭妇女呀！老街坊接过话来说：也是，人家这个男的，现在在县城开了家饭店，老乔的媳妇回去不仅可以当老板娘，她拿手的米粉，也可以派上用场了。

还不错，老乔的媳妇把老乔的儿子留给他，没有生硬地带走。不过，媳妇一走，家里没了生气，再加上孩子马上要读中学，你知道，咱们这一片，只有马家堡有一所学校，还是农村的，老乔想给孩子找个好点儿的学校，就跟城里的一家人换了房子，搬走了。

那天晚上，老街坊不让我走，非留我到他家吃饭。喝了点儿小酒之后，面涌酡颜，他对我说：老乔刚搬到咱们洋桥来，就不该在院子里种那棵桃树。我问，为什么？那棵桃树，他种得不是挺好的吗？他端着酒杯，摇摇头，说：种什么树都行，老乔就不该种桃树！为什么？一句老话，叫作红杏出墙！我对他说：老乔种的是桃树，又不是杏树。老街坊一摆手说：一个味儿！反正是不吉利！

洋桥那一片地铁宿舍，包括它南面的马家堡的旧房子，在1980年代末1990年代初，陆续拆平，建起了一片商品房的高楼大厦，变成了新型社区。原来住在那里的人，都就地分到新房，搬进了楼里。原来的城乡接合部，如今变成三环以内城里的闹市了，商店、学校、医院、超市、饭店、康复中心……应有尽有。每一次经过那里，我都会想起老乔和他俊俏的媳妇。如果老乔不搬家，他也可以分一套不错的住房，在这一片林立的高楼中，夜晚有几扇窗前闪烁的灯光，是属于他的。

## 垂丝海棠

最早住进洋桥，在自家小院遍植果树的铁道兵复员军人中，老李种的一棵垂丝海棠，在洋桥这一片，是独一份。同为海棠，种西府海棠的比较多，一般人不会选择垂丝海棠，个中原因，也说不清。这种海棠，花开的时候，还比较好看，花落的时候，夏天枝叶覆盖成团，不如西府海棠秀丽；冬天叶子落尽，枯萎的枝子显得单薄，不如西府海棠挺拔。老李两口子，不知为什么，对这种树情有独钟？

我和老李不熟，他家住在我家后面，离得很远，如果不是为了找他帮忙买火车票，平常没有什么来往。那一阵子，我弟弟在青海油田工作，每年探亲回家，返程的火车票特别难买。他从北京要乘坐65次列车到甘肃柳园下，这趟65次终点站是乌鲁木齐，是从北京到新疆的唯一一趟火车，票就更难买。由于路途实在遥远，要坐两夜一个白天的火车，所以总想给弟弟买张卧铺票才好，这卧铺票紧张，尤其难买。而且，弟弟一般过年时候回来，春节前后，这票更是难上加难。

我是通过一个朋友认识了老李，求老李帮忙。我的这个朋友和老李很熟，每一次去老李家求票，都是朋友亲自带我去，以示尊重。第一次去老李家的路上，朋友对我讲起老李的往事。十多年前，老李还是铁道兵的现役军官。他是河北人，坐火车回家探亲，在车上听广播，觉得广播员的声音特别好听。他这人对声音特别敏感，自己喜欢朗诵和唱歌，在团部担任宣传干事，连级干部，每年全团新年联欢会，他的朗诵和独唱，都是跑不了的，是最受欢迎的节目。从车厢广播喇叭里传出的声音，他觉得比中央人民广播电台的播音员的声音还好听。这样好听的声音，牵引着他的脚步，他情不自禁地摸到了列车广播室。他敲开门，看见坐在话筒前面播音的年轻姑娘，好看得跟她的声音剑鞘相配，这样好听的声音，就得配这样好看的姑娘才是。老李恬不知耻地跟人家要通信地址和电话。人家瞥了他一眼，把他请出播音室，"砰"的一声关上门。

我听得津津有味，想不到老李还挺浪漫的呢。

朋友接着讲，本来是一时的冲动，列车上的邂逅，没有变成艳遇，时过境迁之后，渐渐地也就淡忘了。偶尔想起，老李只是笑话自己异想天开。几年过后，老李到北京修地铁，修完地铁，就复员转业了。复员的消息传来，好心人替他惋惜，依然好心劝他：你这人有才，什么都好，就是太不切实际，复员后到了新单位，一定要成熟些！他听进去了，却并没有真的放在心上。有的人，天生眉眼会来事，少年老成；有的人，就是活一辈子，还是像个生瓜蛋子，总也不成熟。

老李复员转业到北京火车站。由于是军官，又管过宣传，分配在工会工作。每年春节前全站员工要搞一次联欢会，自然由他负责。在联欢会上，老李的独唱，自然也要亮相，而且，和在部队上一样，获得满堂彩。联欢会上，还有一个节目，也获得满堂彩，是个女声朗诵，朗诵的是闻捷的诗《我思念北京》。老李定睛一看，这不是几年前在火车上的播音室里见过的那位播音员吗？

这么着，两人重逢，花好月圆？我问道。

没错！朋友说，播音员年龄大了，不再跑车，到北京站售票处当售票员。你的卧铺票，就是人家帮你买的！老李年龄比她还要大几岁，两人这好几年都还是单身，不是在专门等对方，而是两人找对象的眼眶子都太高。这意外的重逢，再加上别人一撮合，两人顺水推舟，很快也就木已成舟了。

我第一次进老李的家门，见到老李两口子，真的是天造一对，地设一双，老李大概比我年长十岁，那一年，四十来岁，他媳妇，我随朋友叫李嫂，比老李小三四岁，都个头儿高挑，眉清目秀，也都比实际年龄显得年轻。那时候，我刚在报纸上发表文章，老李一见我就说：我知道你，看过你写的文章！然后，又说，你怎么不写诗呢？我爱看诗，也爱朗诵诗，你要是写诗多好，我可以朗诵你的诗了！他就是这么个爽朗的人，李嫂在旁边，眯缝着笑眼，不多说话。

第一次去老李家，是冬天，他家小院里的那棵垂丝海棠，枯枯的，倚在角落里，并不起眼。我第二次去的时候是春天，才注意到他院子里这棵垂丝海棠，花开得烂烂漫漫，花团锦簇，铺满一树。它比西府海棠开花早些，花朵下垂，不像西府海棠朵朵昂然向上。而且，它也不像西府海棠红得那样艳，那样张扬，它的花是粉色的，褪去了浓妆，有些内敛，也有些娇嫩，和当时洋桥城乡接合部的乡土味，不大相衬。

这一次，也是求李嫂帮弟弟买卧铺票。每一次，都是有求必应，但我去他家，从不带什么礼物，因为这是朋友嘱咐我的，说是老李嘱咐他的，要带就带几本你看过的书和杂志，老李两口子喜欢看书。和老李一批复员的铁道兵中，老李显得很有些小布尔乔亚，也就是后来我们说的文艺青年。只不过，如今文艺青年像一个贬义词了，其实，真正成为一个文艺青年，并不容易，具有文艺气质之外，更需要对生活和对文学艺术怀抱一颗真正的赤子之心。这不是装出来的，确实是打心里喜欢。尽管这在别人看来，整天脑子里弄的是花花草草，唱唱跳跳的，有点儿不切实际。我便想，只有这样不切实际的文艺青年，才会种这种与众不同的娇嫩的垂丝海棠。

我把心里这想法讲给朋友听，他连说：你的感觉真对！老李就是个文艺青年，李嫂也是，他们两口子算是对上眼儿了！世上难找！跟你说吧，之所以种垂丝海棠，是老李不知从哪本书里看到的，说垂丝海棠是美人树，当年唐明皇夸杨贵妃就像是这种树，他便买回了这棵树种在院子里。你说咱们洋桥的人满算上，除了老李，还能找得到这号人吗？

老李，在我的眼里，真算得上洋桥一带的奇人。在众人的眼里，除了想入非非，不切实际，老李就是一个宠老婆的人，有人甚至戏谑地称他为"妻管严"。老李两口子结婚时年龄都不小，属于晚婚，结完婚好几年都不要孩子，就因为李嫂不愿生，老李笔管条顺地服从。你们都多大了呀？还不赶紧生个孩子，再不生，想生可就生不出来了！没少人这样好心相劝，但李嫂无动于衷，老李听后就是打哈哈。一直到李嫂愿意了，这才生下个胖小子。李嫂是北京人，孩子一直放在姥姥家，爱不释手地从小抱到大，他们两口子乐个轻松。

关于老李两口子，有这样两件事，给我留下的印象最深刻。

有一天夜里，我去同学家聚会，回来晚了，骑车骑到洋桥，在343路公交车站往西一拐，就快到家了。往西拐，是一条窄窄的土路，这条土路不长，南边是荷花塘，北边是一溜儿厂房，路边没有灯，黑乎乎的。这里治安很好，倒是绝对不会碰上个劫道的坏人，但一不留神，也会滑进荷花塘。所以，一般没事，大晚上的不会有什么人出来。我骑车骑到拐弯处，就跳下车，准备推着走，这样安全些。刚蹦腿下车的时候，看见墙角的阴影处站着一个人，正拿着手电筒使劲儿地晃我。我定睛一看，是老李。我叫了他一声，问他这么晚了，待在这儿干什么。他说我等你李嫂！这话让我心头一热。

后来，我听说，只要是李嫂上晚班，老李一定要在343路车站等。不是每个男人都能做得到的，一般在恋爱时候，是能这样做到的，把女人娶到手了，特别是结婚多年之后成了老夫老妻，还能始终如一地坚持做到这样，真的很难，很少见了。恋爱时的蜜汁再浓，架不住日子的流逝，时间如水，会冲淡甜言蜜语，曾经求爱时的热烈行动，也会如漂亮的雪人一样，渐渐融化得找不到踪影。

在洋桥我们这一片房子的西南不远处，有几道铁轨，进出北京的火车，大多要从这里经过。火车往东北再开一两公里，是永定门火车站，也就是如今的北京南站。火车喷出着白烟，从田野里呼啸着飞驰而过，还是挺好看的一道风景。那时候，四周没有别的好玩的，我会带孩子到铁道边去玩，看到火车要来的时候，孩子格外兴奋，火车驰过的瞬间，孩子会张扬着小手，冲着长龙一般的列车欢呼，那情景仿佛后来在游乐场坐过山车的感觉。

有一年的春天，我带孩子去铁道边玩，穿过一片黄油油的油菜花和刚刚没脚踝的麦子地，涉过一条浅浅的小河，前边就是铁道边，先听见嘹亮的歌声，男高音，带有点儿美声的唱法，有好多颤音。我领着孩子的手，示意先别过去，听歌唱完。这时候，一列火车，鸣响着汽笛，喷吐着白烟，呼啸而来，从我们的面前闪电般驰过，车轮撞击铁轨的隆隆响声，淹没了歌声。但是，火车很快就过去了，歌声便像沉潜水底的鱼又浮出水面，依旧嘹亮，响遏行云，清亮的歌声，在寂静的田野里回荡。

我看清了，是老李在引吭高歌，他的旁边站着李嫂。这是我第一次听老李唱歌，他唱得确实很棒。面对驰来火车的歌声，火车的轰鸣声淹没了歌声，我听不见，但老李一定听得见，火车一列列长长的车厢，是歌声的回音壁，让他的歌声更加响亮。而且，有了火车轰鸣声的参与，像多了一个伴奏，多了一个和声部一样，让歌声既回荡在此时，又回荡在彼时——过去的时光，扑面而来。

那天，站在铁道边，和老李、李嫂聊天，李嫂告诉我，当初在北京站的联欢会上，老李就是唱的这首歌，把我给骗走了！

我问老李是什么歌有这样大的魔力，老李笑着告诉我，这首歌的名字叫《铁道兵之歌》。李嫂也笑着对我说：我们北京站一年才搞一次联欢会，我们家老李一年只能登台唱一次这首歌，嫌不过瘾，他特别愿意跑到这里来唱。老李连连点头说是，冲着开过来的火车唱这首歌，真的特别过瘾！我理解修了那么多的铁路，看了那么多的火车，铁道兵对铁路、对火车的感情。

这首《铁道兵之歌》真的非常好听，我特意向老李学会了这首歌。如今，四十余年过去了，我依然清晰地记得它的歌词，而且，那词连同曲调一起，时常会下意识地从嘴边溜出来：

> 背起那个行装扛起了枪，
> 雄壮的那个队伍啊浩浩荡荡，
> 同志啊你要问我们哪里去呀，
> 我们要到祖国最需要的地方。
> 离别了天山啊千里雪，
> 但见那东海呀万顷浪；
> 才听塞外牛羊叫，
> 又闻那个江南稻花儿香。
> 同志们，迈开大步呀，朝前走啊，
> 铁道兵战士志在四方！
> ……

每次哼起这首歌的时候，我都会想起老李，想起李嫂，也会想起他们小院里那棵垂丝海棠。

2020 年 5 月 25 日于北京

# 上课三记

## 音乐课

小学教我音乐课的老师姓汪，是个老太太。不过，小孩子的眼睛常常看不准，因为那时自己太小，容易把比自己大许多的大人都看成老人。

她很胖，个子不高，但面容白皙，长得很好看，是那种家境很好又很会保养的人，这在全校的老师中很是显眼。不过，这也是我自以为是的猜测，小孩子看人常常走眼。

那时，我们学校有一架脚踏式风琴，每次上音乐课时，几个同学把它搬到教室里来。汪老师用脚踩着风琴的踏板，用手弹着风琴的琴键，张着圆圆的嘴巴，教我们唱歌，她先唱一句，再让我们跟着她唱一句。我们摇头晃脑唱歌的样子，比在别的课堂上，更像孩子。风琴，在一节音乐课上，几乎始终不停地响着，如果不是有同学说话或做小动作，汪老师是不会停下她的风琴的。风琴，是她的宠物，让她爱不释手，总有好听的音符，像唧啾鸣叫的小鸟，从风琴里飞出来。

小学音乐课上，汪老师教我们唱的《听妈妈讲那过去的事情》，印象最深，至今难忘。它应该算是汪老师的拿手好戏，也

139

应该是我的童年之歌。

这首歌确实好听，汪老师教得也确实是好，她教我们唱的时候一定要带着感情，怎么才叫作带着感情呢？比如唱头一句"月亮在白莲花般的云朵里穿行"，一定要像真的看见有这么美好的月亮在你面前轻轻地飘动；唱"冬天的风雪狼一样嚎叫，妈妈却穿着破烂的单衣裳"，你眼前一定要出现这样的情景，真的得有风雪打在你身上特别寒冷的感觉，真的看见妈妈穿着破烂的单衣裳冻得浑身打战的样子。眼前有这样的画面，唱得才会带有感情。

当然，离开小学已经六十多年了，这不是汪老师的原话，但意思是没有错的。这是我第一次听到唱歌怎么才能带有感情的解释，让我信服，感到新鲜。如果说这也能算是艺术启蒙的话，正是汪老师通过这首《听妈妈讲那过去的事情》，最早引我进入艺术殿堂。

或者正因为如此，汪老师给我留下的印象很好，我特别爱上她的音乐课，甚至有时会故意讨好她，比如争先恐后地去抬风琴。我讨好汪老师的一大原因，是学校大合唱要参加全区会演，唱的就是这首《听妈妈讲那过去的事情》。这首歌要有一个男声领唱，我非常想当这个领唱。平常，我唱歌挺好的，汪老师也常常夸我唱得不错。听说参加全区会演的消息，我厚着脸皮，向汪老师请求，希望我当这个领唱。汪老师一个劲儿地点头，说：你唱得不错，尤其能带着感情唱！然后，她抚摸着我的头非常肯定地说，好！就由你来领唱！放学后，她让我到她的办公室"吃小灶"，她一边弹风琴，一边辅导我唱这首歌。一遍又一遍，一直唱到白莲花般的月亮出来了。

我觉得我当这个领唱手拿把掐了，全班同学都知道了，也都认为这个领唱非我莫属。那时候，我刚上小学四年级，小孩子，虚荣心和自尊心一起膨胀，在全区会演的舞台上，站在合唱队的前面领唱，那可是大礼堂的正规舞台，不是我们学校的领操台呀，我们现在练习大合唱都是在领操台上的。而且，是对着麦克风唱，那时我们学校没有麦克风，从麦克风传出去的声音，对我是多么新奇，多么有诱惑力。那得是多风光啊！

　　谁想到，最后的领唱不是我，是同年级另一个班上的男生，那个男生居然也姓肖。我小学里唯一露脸的机会失去了。我始终不明白，汪老师明明允诺我了，为什么最后闪了我一把？而且没有对我说一句解释的话，好像大人决定的事情，可以不必和孩子商量，像我这样的小孩子，可以是大人随意推拉的抽屉，或者像是汪老师的风琴，随便变换手指，都可以弹出她想要的曲子。

　　从那次大合唱以后，上音乐课，我再没有以前的兴致勃勃。在校园里，见了汪老师，也都远远地躲着走，好像我做了一件十分丢脸的事情。

## 美术课

　　美术课，小学就有，但我对美术课有兴趣，是从初中时起。我已经忘记了教美术课的老师姓什么了，她是代课老师，四十来岁，不苟言笑，总是很严肃的样子，比刷了一脸糨糊板正的班主任老师还显得严厉。

　　中学有专门的美术教室，软硬件都很齐全，每人一把右边拐弯的木椅子，是专门为美术教室定做的，方便一边听课一边画画。每次上美术课时，每人一张图画纸，在上面画。偶尔，老师教我们照石膏像写生；有时老师也会拿来她自己画的一张画，让我们照葫芦画瓢。大多时候，是布置一个题目，让我们随意画，当场画完，交给老师，下次上课时，老师发下来，上面有老师的评分。她也不讲评，只是让我们画。

只有初一和初二两年有美术课，我已经忘记了是一周一节还是两周一节美术课。美术课是副科，大家都不太重视，但我还是很期待的，因为那时候我喜欢画画。我写过一篇作文《一幅画像》，还曾经在北京市少年儿童作文比赛中获奖，里面写的就是我上数学课画画的事情。那时候，我们班上有两个同学画画最好，他们都拜画家吴镜汀为师，放学之后，常到吴镜汀家学画，然后第二天到学校来和我白话。受他们的影响，我也喜欢涂涂抹抹，虽然画得赶不上他们二位那样好，但还画得有点儿模样吧。当然，这只是我自己这样觉得，所谓敝帚自珍吧。

可气的是，美术课作业，老师给我判的分最高只是"良"，一次"优"也没有。那时候，少年气盛，争强好胜，也因为每学年评优良奖章，要求期末所有科目评分必须要在"良"以上，所以，我非常努力地想画好，哪怕只是争取得到一个"优"也好。但是，每一次发下作业，看到自己的画上面，老师给我不是"中"就是"良"，很让我丧气，又很不服气，特别想找老师理论理论。但一想到她那张总是绷着糨糊的脸，就泄了气。

那时候，我各科的学习成绩都好，唯独美术课拉了后腿。但是，现实残酷，让我只能退而求其次，没有"优"就没有吧，希望"良"多一点儿而"中"少一点儿，到期末，这位老师总评分能够发慈悲给我个"良"，不耽误评优良奖章就行了。不过，说句心里话，每次发下作业，看到上面的评分，再看看老师那张冰冷的脸，我都提心吊胆，心总是小把儿地紧攥着，似乎感到自己的小命是掌握在这美术老师的手心里的。

没有想到，初一这一年成绩册发下来，我打开一看，美术课一栏，给我的总评分是"良"。一直提到嗓子眼儿的那颗悬着的心，终于放进肚子里了。想想这位美术老师，还是挺善解人意的，起码懂得我的心思。再想想她那一张绷满糨糊的脸，也不觉得那么冷若冰霜了。

初二开学第一节美术课，站在美术教室门口的，是一位高个子的男老师，姓邓，是正式从美专学院调进来的美术老师。那位女老师，不再代课了。从此，我再也没有见过她。

## 体育课

我读大学是 1978 年，那一年，我 31 岁。我们班上的学生年龄大小不一，有应届中学毕业生，比我小许多的，也有比我年纪还大的，可谓爷爷孙子一锅烩。长着青春痘的和一脸沧桑的，坐在同一个教室里，老师看了，都觉得怪怪的。

年纪大，不耽误上各种专业文化课，而且，上这样的课，年纪还占着便宜，因为以前读的书多些，理解力会强些，作业完成得也会相应好些。唯独一门课，让年纪大的头疼，便是体育课。偏偏教我们体育课的张老师，是个上课极其认真严格的老师。

我们的体育课很正规，球类、投掷、跳箱跳马、垫上运动、单双杠、中长跑……应有尽有。夏天，到什刹海游泳；冬天，到北海滑冰。从不让你闲着。而且，不是单纯玩玩的，每一项结束，都要进行测验，记录下你的分数，登记在你的期末学习成绩册上。

这些运动项目，对年轻人来说，不算什么，对上点儿年纪的人，老胳膊老腿的，还真是不那么容易通过。我从小算是爱体育运动，这些项目勉强能过关。但从来没有穿过冰鞋滑过冰，第一次惴惴不安地上冰，居然一下就会滑了，并没有想象中的跌跤露丑。但是，班上有几位和我年纪差不多的老龄同学，就没有那么幸运了。别说滑冰、游泳根本不行，就是其他的项目，也常常闹出笑话。最有意思的是，一次练习跳箱，一个同学双手按着跳箱一端，使劲儿使大发了，竟然一把把跳箱盖推走，他自己整个身子一下子掉进跳箱里面了。另一次练习投手榴弹，一位同学助跑之后，把手榴弹投出去，手榴弹不是向前，而是匪夷所思地往他的身后飞落。上一次跳马让全班同学哄堂大笑，这一次可是吓得站在后面等待投手榴弹的同学一片惊叫，如鸟兽散。

从小学开始就有体育课，体育课上得如此惊心动魄，是我从来没有经历过的。我看到张老师站在一旁，不动声色，一句话不说。她大概也是哭笑不得，不知该对我们这帮学生说什么才好。

有好几位年纪大的同学悄悄指责张老师，说我们都这么大年纪了，又不是小年轻，体育课不是什么正经的课，对付对付算了，干吗还这么认真严格？难道还要把我们培养成运动员去参加奥运会？也有人嘲讽张老师，说从"文化大革命"到现在这么多年一直都没有上体育课，好不容易他又能上体育课了，还不得拿咱们练练手，过过瘾！

这样的话，可不敢让张老师听见。戏剧学院里排座次的话，表演、导演、舞美和戏文分列前后，其中学习的科目众多，体育课大概是要排在末端的。但是，张老师从来没有这样的感觉，他一直认为体育课是整个学院的顶端，没有好身体，你再大的本事也是玩完。在他的体育课上，他始终如一位将军威武壮烈地站在那里，赛过再有名的演员、导演和剧作家。我在戏剧学院读书四年，教书两年，认识很多教学认真严格的老师，张老师的认真严格中有种其他老师没有的莨劲儿，或者叫作轴劲儿，是让我最难忘的。

最难忘的是，四年之后我们大学毕业之际，体育课的考试是1500 米长跑。没有选择别的项目，是张老师对我们的宽容和体恤，甭管你跑多慢，只要坚持跑下来，就算成绩合格。那时候，我的同学、后来有名的作家陆星儿正巧要生小孩，没办法参加这1500 米长跑考试。大家心想张老师还不通融一下，好歹给个成绩，让陆星儿毕业得了。谁知张老师毫不通融，坚持要陆星儿生完孩子回来补考。实在没有办法，陆星儿只好生完孩子恢复身体之后，回到学院找张老师补考。我们毕业是在夏天，陆星儿回来补考是一个学期之后的寒假了。每一次想到陆星儿独自一个人，顶着寒风，从学院大门口，绕到圆圆寺前街，再顺着宽街跑到棉花胡同，跑到学院大门口，我都会想起我们这一代人大学时独一无二的体育课。

当然，也会想起张老师。陆星儿独自一人长跑的时候，他也是独自一人，站在我们学院的大门前，手里掐着计时的秒表，等着陆星儿跑回来。他们一样顶着三十八年前冬天的寒风。

2020 年 7 月 14 日于北京

# 辑四　花间补读

# 新婚礼物

闭门宅家，乱翻杂书，排遣时日，发现书架上好多书并没有认真看过，甚至买来后就束之高阁，根本没再动过。常风先生的《逝水集》，便是其中之一。说来惭愧，这是 1995 年辽宁教育出版社出版的一本旧书，25 年了，封面犹新，却积满尘埃。

读《逝水集》，有一篇《回忆叶公超先生》。常风先生在清华大学外国文学系读书时，是叶公超先生的学生，往来很多，记述翔实，回忆中细节很多。其中说到这样一个细节，即 1930 年，叶公超先生新婚，唯一醒目的礼物是"书架上一排十来本红皮脊烫金的字和图案十分耀眼的书"。这是一套《兰姆全集》和一本《兰姆传》，是胡适、温源宁等十位朋友送给叶先生的新婚礼物。他们知道叶先生最喜欢读兰姆。

这个新婚礼物，让我心头微微一动。

每一个时代，都有属于那个时代特色的新婚礼物。这是专属于叶公超时代的新婚礼物。

记得我们那个时代的新婚礼物，一般是印着牡丹大红花的脸盆、痰盂和印着毛主席画像或语录的暖水瓶。那是 20 世纪 60 年代末和 70 年代的风俗。时代飞速变化，新婚礼物也随之变化，现如今，早不需要什么新婚礼物，而变为礼金，厚厚一沓子现金鼓胀胀地包在红包里，比什么都更为实际、实惠、实用——我称之为"三实"。新婚礼物，由物品到现金的华丽转身，隐约体现了人们由精神到物质再到物欲的三级跳。新婚礼物的"三实"，不过是人生最外表层的那一层镀漆而已。

常风先生的文章，让我想起20世纪90年代的一件往事，那时，我的一个朋友的孩子结婚，我送的新婚礼物，也是书。并不是我有意拙劣地效仿胡适等人送给叶公超先生那一套《兰姆全集》，因为那时我还没有读过常风先生的《逝水集》，尽管书摆在书架上。只是因为我的这位朋友和我一样喜欢文学，尤其喜欢旧体诗，常常写诗，唱和往来，影响得他的孩子也很喜欢旧体诗，而且，还常和我们掺和一起，彼此交流很多。我是看着这孩子长大的，自以为很了解他，便买了一套三卷本的《唐诗选》，在扉页上题写了一首七律赠送新郎新娘，最后，还郑重其事地盖上一枚红印章。然后，给书系上红绸带，打上蝴蝶结，自以为比送别的什么礼物，都超尘拔俗。

婚礼在一家饭店举行，大厅入门处前，摆放着一溜长桌，上有签名册，还有一本礼品的登记册，我看见上面大多填写的是现金多少，极少的礼品，也是进口茶具、床具三件套、项链饰品等高档货。我忽然觉得有些不大对劲儿，在一堆鼓胀的礼金红包和琳琅满目的礼品中，这三本《唐诗选》并非鹤立鸡群，而是显得有些另类，甚至让我都觉得有些寒酸。我发现，我已经完全落伍，在一个早已经不是诗的时代，还在固步自封地编织着诗的梦幻，不知道浪漫的婚礼，已经变相地变为现金收支平衡最带有礼节性的交易。

我的心里，涌出一种对不起孩子、也对不住我的这位朋友的感觉。心想，只好日后再做弥补吧。

大约两年多以后，我的这位朋友新添孙子，小孩过百日的时候，我去庆贺，带去了红包，包着礼金，不再犯傻送什么书了。风俗的力量很大，在潜移默化中，润物无声地改造着人们的价值观。百日宴上，朋友特意拿出两瓶波尔多红酒，酒酣心热，喝得大家酡颜四起，热烈的话此起彼伏。漂亮的婴儿，在妈妈的怀抱里，睁大一双眼睛，好奇地望着我们。

我已经忘记是在什么时候，应该是在我的这位朋友的孩子搬家不久，是朋友掏出一辈子积存的家底，给孩子买了一套学区房，因为他的小孙子马上就要读小学了。我在潘家园旧书摊翻书，偶然看到这三本《唐诗选》。如果不是风吹开了书的封面，露出扉页上的题诗，让我看着字迹眼熟，也许我也不会再翻《唐诗选》，更不会再去买。我拿起书一看，是我写的题诗，字迹有些褪色，但印章依旧鲜红。像是拿到了什么见不得人的罪证，连还价都没还，我赶紧买下这三本书，落荒而逃。

常风先生回忆叶公超先生的这桩往事，让我想起了自己这件往事。叶先生的往事，过去了整整90年。我的往事，过去了20来年。长耶？短耶？不觉怅然。

2020 年 4 月 6 日于北京

# 怀念书店的样子

六十多年前，20 世纪 50 年代，北京前门一共有三家书店。那时候，家住前门楼子边上，我常去这三家书店。

两家在前门大街上，其中一家在路西，大栅栏口的南面一点儿。这是一座西式的小洋楼，门口不大，有几层高高的石台阶，一层被改造成了书店，主打科技类图书，兼卖社科类，全部开架。店里幽暗，白天也得开灯。另一家在路东，稍微往南再走一点儿，中式平房，开间比前面那家书店大些。这是一家专营旧书的书店，其规模虽赶不上东安市场、西单商场、西四、隆福寺和琉璃厂几家老牌的旧书店，在前门一带却是唯一一家旧书店。第三家书店，在大栅栏里面，路北，紧靠庆乐戏院。这家冠名为"新华书店"，在前门三家书店里占地最大，卖新书，品种齐全。

小时候，我常去这三家书店，买书不多，主要看"蹭书"。任凭你站在书架前翻书，看书，就是在那里看上一整天书，店员也不会赶你。1974 年，我从北大荒插队的地方重回北京，还常常到这三家书店闲逛，还是主要看"蹭书"。那时候，在前门大街的东侧，正对着北面高台阶的书店，在普兰德洗衣店旁边，又新开张一家书店，专门卖儿童书籍。前门大街上这三家书店，一直经营到二十一世纪初，我的孩子上小学的时候，还曾经到那里去买过厚厚的一本《少年百科辞典》。

很难想象，一条商业街上，会没有几家书店，就像现在的商业街上不会没有一两家星巴克咖啡馆一样，都是属于时代的风尚。那时候的书店，我不大懂得是怎么赚钱，只觉得它们好像只管耕耘，不问收获。而且，觉得它们遵从着孔夫子有教无类的传统，对于如我这样贫穷人家的孩子，给予最大的宽容和礼遇，让我看了那么多的"蹭书"。

小时候，我在大栅栏的新华书店唯一一次买过的《李白诗选》《杜甫诗选》《陆游诗选》和《宋词选》四本书，六十年过去了，还保存在身边，纸页泛黄，留有时光流逝的痕迹。从北大荒回到北京，在前门旧书店，花22元钱，抱回一套人民文学出版社1957年版十卷本的《鲁迅全集》。粉碎"四人帮"之后，买的《契诃夫小说全集》的第一卷，还是在前门旧书店（那时它已经不再是旧书店）。《契诃夫小说全集》是一卷卷出版的，断断续续，出了好几年，我一卷卷买，一直买全全套八卷，都是在那里买的。一直到20世纪90年代初，我还在这家书店里翻书时，发现上海一家出版社出版的书中收录了我的《母亲》一文，却未和我打过招呼，我给出版社写去一封信，讨要回稿费，并和编辑成了朋友。前门这三家书店，留给我很多难忘的回忆，这些回忆，串联起从童年到晚年悠长的岁月。

如今，前门大街改造，店铺几变朱碧，翻来覆去地折腾，大街两侧的三家书店已经全部没有了。幸存的，只有大栅栏里的新华书店，尽管出于无奈，店里卖些和书毫不相干的东西，毕竟硕果仅存，没有换容易主，也实属不易。起码，让我对于前门书店的模样，关于前门书店的记忆，没有全被风吹雨打去。

前两年，前门大街北头路西，在新建的北京坊的地方，新开张一家书店，名叫 Page One。不仅名字洋气，店铺更为洋气，楼上楼下，面积轩豁，一扫原来前门几家书店的狭小憋屈。而且，造型也颇为洋气，坐在书店里，透过窗户，北可看老城的前门楼子，南可看旧地劝业场，大有一览众山小的气派。在排列有序且艺术化的书架和书丛之间，有了一种时空穿越的恍惚感觉，前世的前门旧街景和如今的新景观，蒙太奇镜头一般，迷离交错。

这是如今书店流行的新款式。自从学习了台湾的诚品书店之后，一大批书店变身，走的都是这种路数。有了资本的投入和政策的依托，本来朴素的书店，不少都愿意来个华丽转身，不卖点儿咖啡和西点，不点缀点儿艺术品，不弄点儿沙发和花草以及炫目的灯光与配饰，简直都没脸再叫书店。想想我小时候见过的前门三家书店寒酸的样子，真的有些无地自容。丑小鸭和灰姑娘，已经不大符合新时代人们审美的标准。

时代就是这样翻天覆地在变化，我却总觉得这世上应该有些恒定的东西才好。说起书店，我想起，在美国新泽西一个有着一百多年历史的新英格兰小镇，看到的一家叫作"书虫书屋"的旧书店，和小镇的历史一样长。二层小楼，楼上楼下，连楼梯拐角处，甚至后院的廊檐下，摆放的全是书。除了墙上挂着获得过诺贝尔文学奖的斯坦贝克的画像，没有任何多余的装饰。

我也想起在芝加哥大学校园旁边，有一个叫作鲍威尔的二手书店，店不大，书架林立，密不透风。这里的书大多是从芝加哥大学教授那里收购的，大多是各个专业方面学术类的书籍。他们淘汰的书，像流水一样循环到了这里，成为学生们最好的选择。同样，也没有咖啡和那么多的装潢。

在巴黎的左岸，见到同样历史悠久的莎士比亚书店，绿漆油饰的门窗，风打雨噬，这么多年依然如是。书从店门口开始堆积如山候客，一直到店里的角角落落，全部堆满了书，几乎没有个下脚的地方。

很难想象，无论书虫书屋也好，鲍威尔书店也好，莎士比亚书店也罢，也变成我们如今变身的新潮书店，会是什么样子，人们还认识吗？还会再来吗？

在现代化的诱惑下，我们的书店已经如二八月乱穿衣一样乱了方寸。飞速变化的时代，书店当然应该有所变化，但从本质而言，书店不是咖啡馆，不是会客厅，不是打卡地，不是各种秀的舞台。在书店里，书应该是绝对的主角，不应该让其他的东西喧宾夺主。但是，我们如今愿意将读书的口号说得格外煽情动人，将书展办得越来越豪华浩大，愿意把书店粉妆艳抹改造得时髦艳丽如同待嫁的新娘。没有办法，这就是新的时尚。手头阔绰了点儿的人们，愿意把自己的书房或客厅装潢一新时髦气派一些，和如今时尚化的书店，是殊途同归的，或者说是从众心理的基础。

书店，可以成为一座城市一条商业街醒目的地标。但这个地标是由时间的积淀和打磨而形成的，如同脚上磨出的老茧，不是人为点上的美人痣。当然，每个人心目中书店的样子各不相同，书店的样子也应该百花齐放，但不应该只被装扮一新，大同小异成为诚品书店的一种模样。特别是，让那些由时间积淀和打磨成的老书店消失，或千篇一律的唯新是举。

Page One，和新建不久的西式建筑群北京坊相适配，但和百年前门老街不相符。起码对于我，它没有时间的记忆，没有历史的影子，没有书原本素朴的气息。

不知怎么，这长长一段闭户宅家的日子里，常常想起那些老书店，它们的样子总会顽固地浮现在我的眼前，像经年不化的琥珀，垂挂在城市老街的上空。也会想起其他的书店，包括那些时尚的新书店，大小个体书店，这些日子一直没能开张营业，损失不知多少；甚至能不能挺过这次疫情，很为它们担心，便会想，不管书店新旧，还是盼望着它们重新开门揖客。从书店里散发书香的味道，已是久违了！

2020 年 4 月 26 日于北京

# 猫和老鼠的争论

暑假，两个小孙子从美国来北京。他们一个上小学一年级，一个上小学三年级，在美国每周日都要上中文课，学习中文的兴趣都很浓。我找来两篇童话，让他们读，一篇是老舍先生1945年写的《小白鼠》，一篇是新近一期《儿童文学》绘本中萧袤写的《老鼠养了一只猫》。

两篇童话，写的都是猫和老鼠。这是自古以来童话中最爱写的题材。

《小白鼠》，讲小白鼠自认为和小白兔长得一样漂亮，甚至比小白兔还要聪明。鼠妈妈警告他说，附近有一只大黄猫，又大又凶又饿，一口能咬住两只老鼠，让他小心。可是，小白鼠不听妈妈的话，觉得自己长得这么好看，大黄猫不仅不会欺负自己，还会和自己交朋友呢。没想到，他和大黄猫碰到一起时，大黄猫一口咬住了他的脖子，几口就把他吃净了。

《老鼠养了一只猫》，讲一只推销猫粮的猫向一只老鼠推销，并建议他养一只猫。老鼠有些害怕，担心猫一生气还不把自己吃了！猫劝他说：有了猫粮吃，猫为什么还要吃老鼠呢？猫进一步建议，让老鼠就养他自己这样一只猫。老鼠养了这只猫，猫天天吃猫粮，和老鼠相安无事。可是，时间一长，猫粮吃腻了，猫望着老鼠，忍不住直吞口水。于是，有一天夜里，猫不辞而别，老鼠伤心大哭。

难得的是，两个小孙子，除了个别的字不认识，需要我教，基本能够读下来，比我想象的认字要多。有意思的是，读完之后，关于这两篇童话的感想，两个孙子观点截然不同，竟然争论不休。

老二喜欢《小白鼠》，老大喜欢《老鼠养了一只猫》。

老二喜欢的原因，一是短，好读；二是写出了猫的可怕，对这样的猫得小心点儿。老大喜欢的原因，说是比《小白鼠》写得更有意思，而且有感情，你看，猫不想自己嘴馋忍不住吃了老鼠，所以走了，老鼠舍不得猫走，所以哭了。

老二反驳哥哥：哪有猫不吃老鼠的？《小白鼠》写出了大黄猫的可怕。对老鼠来说，猫就是可怕！文章里说了，美丽保护不了小白鼠他自己。

老大反驳弟弟：这是童话，童话里可以让猫不吃老鼠，童话里的猫就不可怕了，相反还有了感情。

谁也说服不了谁。我抹抹稀泥，做和事佬：你们两人，一个是现实派，一个是童话派！

说说笑笑过去了，争论也带有温情。两篇童话，相隔了74年，无论作者，还是读者，都已经不只属于两代人。对于生活和童话的理解与认知，拉开了遥远的距离，是再正常不过的了。不过，两个小孙子的争论，倒让我想到如今儿童文学的创作中常常会出现的一个问题，便是无论对于孩子自身的成长，还是对于现实的生活，是真正地触及，还是曲意地迂回？真正地触及，现实生活中会有种种不如意或令孩子迷惑不解之处，甚至如我家老二所说的可怕之处，尤其是如今进入商业社会和电子时代急遽变化的现实生活，更是纷乱如万花筒。这些东西是可以进入儿童文学的领地，还是应该被屏蔽？

同时，连带儿童文学创作的另一个问题，是作者应该俯下身子，装作和孩子一般高地去写作儿童的生活，还是应该就站在成人一样的高度，以成人的视角去处理儿童生活？显然，这不仅是两种写作姿态，更是两种儿童文学观，作为写作的成果，便会呈现两种儿童文学作品。也就是说，面对正在渴望阅读的孩子，我们应该给予他们什么样的儿童文学作品更合适？无疑，前者会显得假，因为俯下身子，哪怕是蹲下来，也是装出来的。后者会显得做作，因为会有意无意地加进成人自以为是的一些东西，而远离孩子本身。

显然，《小白鼠》写出了生活可怕的一面。《老鼠养了一只猫》写了生活温情的一面。《小白鼠》让孩子知道猫就是猫，弱小的老鼠不要心存幻想，以为真的可以和猫交朋友。《老鼠养了一只猫》则写了生活中的虚幻，或者可以称之为梦想的良善的一面，为生活蒙上一层温情脉脉的轻纱。猫走鼠哭的结局，是作者有意的安排。我不知道这种安排好不好，也不知道这样两种截然不同的写作，哪一种更好，或者更适合孩子，或者可以共存而让孩子自己去选择。我只知道，在我所读的有限的儿童文学作品中，如老舍先生这样写法的不多，倒是更多的作品愿意写成甜蜜蜜的棒棒糖，愿意让猫和老鼠相见时难别亦难，或者熬成一锅糊涂没有了豆。

如今，我们的城市里，弱不禁风的妈宝式的孩子在增多，和这样的作品阅读有关，还是无关？

2019 年 9 月 25 日于北京

159

# 想起方志敏

　　我读中学在北京汇文中学，这是一所拥有百年历史的老校，富有革命传统。初一，刚进校门不久，见到我们的班主任司锡龄老师，他高中毕业留校任教不久，富于朝气和激情。第一堂课，他没有讲别的，先向我们介绍了方志敏烈士的事迹，和他写的《可爱的中国》，然后，大段大段背诵了《可爱的中国》中的段落。他的背诵充满激情，他的眼睛在近视镜片后闪闪发光，教室里一下子安静异常，只有窗外高大的白杨树叶摇动哗哗的响声，如同一片涨潮时翻滚的海浪，在为司老师，为方志敏伴奏。

　　"到那时，中国的面貌将被我们改造一新；到那时，到处都是活跃的创造，到处都是日新月异的进步；欢歌将代替悲叹，笑脸将代替哭脸，富裕将代替贫穷，康健将代替疾苦，智慧将代替愚昧，友爱将代替仇杀，明媚的花园将代替凄凉的荒地……这样光荣的一天，绝不在辽远的将来。我们可以这样地相信，朋友！"

　　已经过去了59年，司老师背诵的《可爱的中国》中这几段话，我记忆犹新。那情景恍如昨日。一位英雄，一个老师，一篇文章，一次激情洋溢的朗诵，对于一个少年的影响，竟然是一辈子的。那一年，我13岁。

　　在此之前，我没有读过方志敏的《可爱的中国》。司老师朗诵得好，方志敏写得好，那一连串的排比，水银泻地一般，把对祖国的热爱和对未来的向往，抒发得那样激情澎湃，像国庆节天空中绽放的璀璨礼花，燃烧得我们每一个同学的心里火热而明亮。

我渴望读到《可爱的中国》的全文。没过多久，我在旧书店里买到了《可爱的中国》，这是一本薄薄的小册子，1952年人民文学出版社出版。这本方志敏牺牲之前写下的著作，由鲁迅先生保存到新中国成立之后才得以出版，更凸显其不凡的价值。世上有很多书，连篇累牍，厚厚的如同砖头，精装的如豪宅。但是，书从来不以薄厚精粗论英雄，正如人的生命价值不以长短为标准，方志敏只活了36岁，却顶天立地；他的一本薄薄的《可爱的中国》，却是中国革命史和中国文学史绕不过去的一座丰碑。

回到家，我一口气读完《可爱的中国》。这本书还包括方志敏的另一篇散文《清贫》。我从未有过这样读书的激动，在那样贫穷落后、黑暗残酷而且时刻面临生命威胁的年代，方志敏对于祖国还充满着那样深厚而不可动摇的感情，充满着那样坚定而不可动摇的信心，寄托着那样多美好的向往和心愿，这不是每个人都可以做到的，也不是仅仅靠生花妙笔就可以写出的。

在《可爱的中国》中，还有这样一段话，我也非常喜爱："朋友，中国是生育我们的母亲，你们觉得这位母亲可爱吗？我想你们和我一样的见解，都觉得这位母亲是蛮可爱蛮可爱的。"然后，他以丰富的想象和真挚的情感，将中国温暖的气候比作母亲的体温，将中国辽阔的土地比作母亲的体魄，将中国的生产力、地下宝藏、未曾利用的天然力比作母亲的乳汁，将中国绵延的海岸线比作母亲的曲线，将中国自然美景比作就是母亲这样天资玉质的美人……

我不知道将祖国比喻成母亲，方志敏是不是第一人，我是第一次看到，感到那样贴切，生动，含温带热，充满情感。他那又是一连串热情奔放的排比，绝对不是靠修辞方法可以书写出来的，是对于祖国母亲深厚情感的情不自禁又无可抑制的流露，是心的回声，是血液的奔涌。正如鲁迅先生说过的：从血管里流出的是血，从自来水管里流出的是水。

　　如果说少年时代，哪一位英雄最难以让我忘怀，是方志敏！从那以后，方志敏留给我抹不掉的记忆。想起他来，眼前总会浮现那张他牺牲前披着棉大衣，拖着沉重脚镣的照片所呈现的威武不屈的形象。

　　前些年的一个冬天，我去美国，那是我第一次到美国，在芝加哥，借住在一位留学美国攻读历史博士的公寓里，那时，他回国探亲，正好房子空着，好心让我来住。在美国读博，尤其是文科的博士，不那么容易，他来美国已经十多年了，快四十了。这么大的年纪，还坚持读博，终于完成了博士论文，得到了导师的认可，正艰难地等待着出版社最后的审定出版，其中艰辛的心路历程，真是不容易。

　　在他的书架上，摆满各种英文和中文的书。闲来无事，我翻他的书，忽然发现有一本方志敏的《可爱的中国》，居然是和我当年买的同样的版本，连封面都一样。尽管封面已经破旧，褪色，我却突然间在心中涌起一种他乡遇故知的感觉。重读这本书，那些曾经熟悉的几乎可以背诵下来的段落，迅速将我带回初一时的青葱岁月，想起司老师的激情背诵，想起自己买到这本小册子后回家一口气读完情不自禁地抄录……

　　这位老博士从家回到美国的时候，我和他聊起了这本《可爱的中国》。我告诉他我少年时的经历，司老师的朗读，我买的旧书，等等。他告诉我他读博出国前，尽管筛选下好多书，没有带，但还是从国内海运了满满两大箱子书，其中没有忘记带上这本《可爱的中国》。他很喜欢这本书，这本书会让他想起祖国。

他问我：这本书里还有一篇《清贫》，你看了吧？

我点点头，说看了。

他接着说：方志敏说："清贫，清白朴素的生活，正是我们革命者能战胜许多困难的地方。"方志敏被捕的时候，仅仅从他的身上搜出一块手表、一支钢笔和两块铜板。想想如今那些贪污受贿动不动就是上亿的人，你会不会很感慨？如果像方志敏这样的革命者多一些，可爱的中国，不是会更可爱？

在异国他乡，他的这一番话，让我难忘。那是他的，也是我的，对于我们的祖国的一份感情和一份期望。

那是个冬末的晚上，芝加哥下了一夜的大雪，纷纷扬扬的雪花，不仅没让我感到寒冷，反而让我倍感温暖。

2019 年 9 月底于北京

# 读孙犁先生两章

## 朴素的敌人

对于俄罗斯的作家，孙犁先生喜欢普希金和契诃夫，不大喜欢蒲宁。喜欢普希金，是普希金作品的诗性，这与孙犁先生的早期小说很吻合；喜欢契诃夫，是契诃夫风格的朴素，这与孙犁先生的晚年作品，尤其是散文相合拍。

在我的猜想中，晚年的孙犁先生喜爱契诃夫会更多一些。早在1954年，孙犁曾经写过一篇题为《契诃夫》的文章。在这篇文章中，他说："契诃夫作品的主要特点，就是朴素和真实。"在朴素和真实这两点，他更侧重于朴素，他说："朴素，对于我当前的写作，是一个重要的问题。"如何能够做到如契诃夫的作品一样的朴素，孙犁先生指出需要面对这样三大敌人："不三不四的'性格'刻画，铺张浪费的'心理'描写，擦油抹粉的'风景'场面。"

从他严肃指出并称之为"这样三大敌人"，可以看出他对于当时文学现状及自身文学创作的清醒与警醒。看那时他创作的小说，特别是中篇小说《铁木前传》，便能够清晰地看出朴素风格的彰显与作用，和孙犁先生以《荷花淀》为代表的早期小说不尽

164

相同。在这时候提出朴素和朴素的敌人，可以明晰孙犁先生创作的心迹与轨迹中对于朴素的警醒和追求的自觉。

孙犁先生所提出的朴素的三大敌人：性格、心理和风景偏颇谬误的描写，都还只是局限于创作本身，指向写作的具体方面。在经历了社会沧桑变化和人生的况味冷暖，尤其是经历了"文革"的剧烈动荡和新时期伊始的乱花迷眼，孙犁先生对于朴素关乎文学创作的重要性，有了新的认知和思考。在1982年出版的散文集《尺泽集》里，有孙犁先生明确的发言。在这本书中，有写于1981年的《小说杂谈》，这是一组十七则短论组成的文章，是粉碎"四人帮"之后，孙犁先生针对文学创作现实写作的重要文献。在这里，孙犁先生结合阅读与写作的贴身现状，对于朴素的敌人，显然有了同20世纪50年代不同的认识和解析。我读后，这样总结如下几方面——

一、闹市："我们也常常读到这样一种小说，写得像闹市一样，看过以后，混沌一团，什么印象也没有。"（《叫人记得住的小说》）

二、轻浮："五四以来，也有人单纯追求外国时髦的形式，在国内做一些尝试，但因为与中国现实民族习惯、群众感情格格不入，他们多少浅尝辄止，寿命不长，只留下个轻浮的名儿。"（《小说的体和用》）

三、唬人："不从认真地反映现实着想，却立意很高，要'创造'出一个时代英雄……可以称作唬人的小说。"（《真实的小说和唬人的小说》）

四、抒情：在对当时周克芹有名的小说《许茂和他的女儿》的批评中说："小说中抒情的部分太多了，作者好像一遇到机会，

就要抒发议论，相应地减弱了现实主义的力量。"（《小说的抒情手法》）

　　五、卖弄："小说忌卖弄"，"生活不能卖弄，才情也不能卖弄"，否则，"使他的作品出现了干枯琐碎的毛病。"（《小说忌卖弄》）

　　从这样我总结的五点看，可以清晰地看出，孙犁先生这时候所指出的朴素的敌人，除了抒情过多这一点，其余四点，已经不局限于文本创作本身，而是从纸上功夫扩延到生活、思想和我们文学潮流的诸多方面。为什么我们有的小说写成闹市一样热闹却未给人留下印象？为什么我们愿意在作品中卖弄和轻浮却受到追捧？为什么我们愿意并热衷于孙犁先生所讽刺的像上帝创造了人一样神奇的所谓英雄？如果1954年孙犁先生所指出的性格、心理和风景描写上出现过的朴素的敌人，属于纸上功夫，只是外功，那么，1981年孙犁先生所指出的这样五个朴素的敌人，则是作为作者的我们需要修炼的内功，要有一份对文学现实与自身的内外两重世界清醒的体认和真诚的自省。朴素的敌人，是孙犁先生写作一生的敌人，也应该是我们一切写作者所需要格外警惕的敌人。

　　可贵并值得我们学习的是，孙犁先生这样认识了，便这样实践了。在这同一本《尺泽集》里，我们可以找到范本。我仅从《报纸的故事》和《新年悬旧照》两篇散文谈起。

　　《报纸的故事》是名篇，发表近四十年来，入选多种选本。散文写的是年轻时在乡间艰难生活之际，好不容易订一份《大公报》，仅仅订了一个月。夏天雨打湿浸坏了顶棚和墙壁，只好用这一个月的报纸糊顶棚和墙壁。如果仅仅这样写，然后抒发一下对艰难日子有报纸读的怀念，和对家人在艰难生活中从牙缝里挤出的钱的感念，常是我们愿意写的或常常读到的怀旧文章之两翼：苦难中的亲情与心底的向往。而且，我们极其愿意渲染一下日子的艰难，觉得那样才能够映透读报的不容易，亲情的可贵，和对报纸的渴望，便也是对远方和未来生活的渴望，报纸便可以成为一种象外之意，让我们的文章多些姿彩和升华。

孙犁先生没有这样写，前面写生活的艰辛，写订报的不容易，写读到报纸的喜悦，都没有任何的铺排，没有一点的渲染和抒情，只是实实在在地写，没有任何花活，即孙犁先生说过的"卖弄"，绝不让文字中显示出一丝一毫的"轻浮"。但是，在结尾处："妻刷糨糊我糊墙。我把报纸按日期排列起来，把有社论和副刊的一面，糊在外面，把广告部分糊在顶棚上。这样，在天气晴朗，或是下雨刮风不能出门的日子里，我就可以脱去鞋子，上到炕上，或仰或卧，或立或坐，重新阅读我喜爱的文章了。"一下子，订了这一个月的报纸，被赋予了情感和形象，让我们感动，让我们感慨，多了一种耐得住咀嚼的人生的多重滋味。这便是朴素的力量。

《新年悬旧照》，写的是两张老照片的故事。一张是孙犁先生年轻时的照片，他离家抗战，把照片留在家里，日本鬼子进村了，看见了照片，要抓照片上的人，在大街上抓到一个长相相仿的年轻人。抗战胜利后，孙犁先生回到家，妻子对他说起照片的事，对他讲："你在外头，我们想你，自从出了这件事，我就不敢想了……"写得真的是好，就这样简单，却这样感人，便是朴素的力量。

另一张照片，是 1981 年要编选文集时朋友提供给孙犁先生

1945 年在蠡县照的，照片上他穿的那件棉袄，是妻子缝制的。"时值严冬，我穿上这件新做的棉衣，觉得很暖和，和家人也算是团聚在一起了。"写得比第一张照片还要简单，却一样感人。如果，非要在看到这张旧照片后多一下抒情，或议论，哪怕只是一句，还会像现在一样让我们感动吗？如果把"和家人也算是团聚在一起了"这一句中的"也算是"这三个字去掉（会有人觉得多了这三个字，显得心情没有那么英雄气呢），还会让我们品味得出战争生死颠沛中对家的那一份感情的五味杂陈吗？

还是在《尺泽集》里，孙犁先生由衷喜欢贾平凹早期的散文作品，他在评点贾平凹的《静虚村记》和《入川小记》时，特别说了"细而不腻"和"低音淡色"这样两点特色，他说："这自然是一种高超的艺术境界。"显然，"细而不腻"和"低音淡色"，是对付朴素的新旧几大敌人的有效却也难以做得到的方法。因为，这是一种高超的艺术境界，朴素是直抵这样境界的一条最便捷的通道。

## 思想像清晨的阳光

《晚华集》是孙犁先生晚年"耕堂十种"的第一本，薄薄的，是粉碎"四人帮"之后，孙犁先生出版的第一本书。睽违十余年，变革的新时代，与过去的岁月划分出一道醒目的分界线，也与孙犁先生前期尤其早期创作，划出一道分水岭。对于读懂并研究孙犁先生晚年思想变化和创作风格的形成，这是绕不过去的一本重要著作。

《晚华集》中，除个别篇章为 20 世纪 60 年代所写，其余均写于 1977 年和 1978 年之间。在那个除旧布新的新时代，重新握笔的孙犁先生，面临旧交散后，春潮涌来，知道"白洋淀"文学风格的写作，自己再也回不去了。那么，写什么，从哪儿重新开始，是面临这个新时代和自己内心的首要选择。

写于 1978 年 6 月 26 日的《近作散文的后记》一文，实际上就是《晚华集》的后记。这文章很短，但在我看来，十分重要，是孙犁先生在那个新旧交替时代对自己文学主张的自省与追求的明晰发言。他开宗明义说："很多年没有写文章，各方面都很生疏，一旦兴奋起来要写了，先从回忆方面练习，这是轻车熟路，容易把思想情绪理清楚。"

"先从回忆方面练习"，这是一个明智的选择。文学写作，从某种意义而言，就是写回忆。这也是文学创作的规律。尤其横亘一个漫长而又动荡不堪的十年，多有故旧凋零，十年生死两茫茫；更有世事沧桑，文章衰坏曾横流。孙犁先生自己说的是"毁誉交于前，荣辱战于心的新的环境里"，往往"作家是脆弱的，也是敏感的。"（《谈赵树理》）虽然谈的是赵树理，其实也在说自己，是极其清醒的，也很有些忐忑。

《晚华集》中绝大多数篇章，写的都是回忆。这些回忆，分为童年、战争和"文革"不同时期几种。书中还有占一半左右篇幅，是纪念故去作家的篇章，和为作家作的序文，写的也都是回忆，是和这些故旧关于过去年代交往的回忆。

在这些篇章中，重头戏是对战争年代的回忆。那种"和手榴弹一同挂在腰上的，还有一瓶蓝墨水"的战地奔波的年代，虽有生死危险，却最让他怀念。他说："那些年，我是多么喜欢走路行军！走在农村的、安静的、平坦的路上，人的思想就会像清晨的阳光，猛然投射到披满银花的万物上，那样闪耀和清澈。"（《某村旧事》）这样带有浓郁感情色彩的抒情，在这本《晚华集》中是罕见的。"人的思想就会像清晨的阳光"，如此明朗清澈，穿透并照亮回忆。为什么孙犁先生会有这样的感情和感慨抒发？

只要想一想，这时候，孙犁先生刚刚经历过一个什么样的年代。在《关于〈山地回忆〉的回忆》中，他写过这样一段话："在'四人帮'当路的那些年月，常常苦于一种梦境：或与敌人遭遇，或与恶人相值。或在山路上奔跑，或在地道中委蛇，或沾溷厕，或陷泥潭。有时漂于无边苦海，有时坠于万丈深渊。"

如果我们将这一段话，和上面的那一段话，做个比较，便会明白孙犁先生为什么充满如此的感情与感慨。猛然出现的那时的思想像清晨的阳光，正是对应这样噩梦连连的岁月的。这是两种时代也是两种人生的画面。

在我的理解，这里说的"思想"更多指的是感情，是思绪。尤其是再对比"有的是生死异途，有的是变幻万端""有势则附而为友，无势则去而为敌"（《韩映山〈紫苇集〉小引》），见惯了时代动荡中"不断出现的以文艺为趋附的手段"各类嘴脸之后，会更加明白"人的思想就会像清晨的阳光"这句话的含义与分量，它不仅属于回忆，属于对比，更属于对现实的定位，和对未来的期冀。清晨的阳光，不仅属于那个逝去的年代，也属于孙犁先生的"白洋淀"和津门晚华。

但是，真正书写这个年代，孙犁先生的笔却变得格外温情起来，或许他暂时不忍心触碰吧。在《删去的文字》一文中，他回忆了这样一件事，一个歌舞团十七八岁的年轻的女演员，找到他外调他的老战友方纪，只是对他说话没有像其他有些外调人员那样盛气凌人，而是很和气，"在她要走的时候，我竟然恋恋不舍，禁不住问：'你下午还来吗？'"而且，一直"很怀念她"。因为"在这种非常时期，她竟然保持着正常表情的面孔和一颗正常跳动的心，就证明她是一个非常不凡的人物。"在这样的回忆中，看出了孙犁先生善感而敏感的心，也泄露出一丝无法完全摆脱的"白洋淀"气息。

难得的是，在《晚华集》中，这样温情流泻的文字不多，更多的是他的反思，无论是对战争年代的回忆，还是对"文革"年代的回忆，都有他自己清醒的认知和梳理。

回忆战争年代时他曾经为抗战学院写过的校歌，他毫不掩饰地批评："现在连歌词也忘记了，经过时间的考验，词和曲都没有生命力。"回忆那时在《冀中日报》上发表的长文《鲁迅论》，他更是毫不留情地反思自己："青年时写文章，好立大题目，摆大架子，自有好的一面，但也有名不副实的另一面，后来逐渐才知道扎实，委婉，但热力也有所消失。"

在《晚华集》中，对人的回忆部分，与当时以及如今普遍流行的怀人篇什不尽相同。他不仅写了被写对象好的部分，也写了他们的一些弱点，乃至印象不好的那一部分，和传统的为贤者讳完全不同。比如，对老友方纪，他直言其"出口不逊，拍案而起"的作风，也直言批评他才气外露的性格，和"时之所尚"的为文风格（《〈方纪散文集〉序》）。对邵子南，他更是直言不讳地说："他有些地方，实在为我所不喜欢。"（《清明随笔》）这些不喜欢的地方，他说得极为具体："他写的那个大型歌剧，我

171

并不很喜欢。"——这是说作品。"他的为人，表现得很单纯，有时甚至叫人看着有些浅薄而自以为是。"——这是说做人。"他的反应性很锐敏很强烈，有时爱好夸夸其谈。"——这是说性格。

怀人文章，还有人如孙犁先生这样写法的吗？我见少识陋，没有见过。但是，这样写，并没有妨碍他对被写对象的尊重与怀念之情。在《悼画家马达》一文中，孙犁先生写了马达的种种不是，甚至几次都不愿意和他做邻居，说他"在上海混过，他对搬家好像很感兴趣。"但是，孙犁还写了这样两个场面，一个是粉碎"四人帮"后，报社派人找到他，他正在农村生产队用破席搭成的防震棚里，"用两只手抱着头，半天不说话，最后，他说：'我不能说话，我不能激动，让我写写吧。'"一个是战争年代，行军路过一个村庄，马达看见两个年轻的妇女在推磨，立刻掏出纸笔，迅速画了起来，孙犁先生站在马达身后，看见马达"只是几笔，就出现了委婉生动、非常美丽的青年妇女形象。这是素描，就像雨雾中见到的花朵，在晴空中见到的勾月一般。"

这样前后两个画面，一个是那么朝气，一个是那么悲凉，让我看到大画家马达在时代的跌宕之中人生的沧桑。孙犁先生以干练的白描，勾勒出马达真实的形象，真挚地表达了他对马达的深情。这比那些不吝大话、套话的修辞编织的花圈赞美逝者，让人会感到更为亲切而真实。

还是在《近作散文的后记》中，孙犁先生说："我所写的，只是战友留给我的简单印象。我用自己诚实的感情和想法，来纪念他们。我的文章，不是追悼会上的悼词，也不是组织部给他们做的结论，甚至也不是一时舆论的归结或摘要。""我坚决相信，我的伙伴们只是平凡的人，普通的战士，并不是什么高大的形象，绝对化的人。这些年来，我积累的生活经验之一，就是不语怪力乱神。"

可以说，这也是新时期孙犁先生文学创作的经验和主张。如果我们再来看《关于〈山地回忆〉的回忆》中对过去书写的文章，孙犁先生自省所说的"用的多是彩笔，热情地把她们推向阳光的照射下，春风的吹拂之中"，我们便更会觉得，这样已经变化了新的生活与写作经验和主张，是多么重要，多么可贵。它帮助孙犁先生开启了一个新的时代，也可以让我们面对今天和自己，躬身自问，会不会和孙犁先生一样，有一份清醒的自知和诚实的自省。

2019 年 7 月 10 日写于北京

# 双味《聊斋》

## 蒲松龄的芭蕉叶

《翩翩》是《聊斋》中的一篇故事。"翩翩"也是一个女狐的名字。比起《聊斋》中其他鬼魅的名字，如婴宁、青凤、莲香、聂小倩等，翩翩更像现在的女孩子的名字。《翩翩》一篇的现代性，先不经意地在这个名字里显现出来。

《翩翩》讲述的是一个浪子回头的故事。如果仅仅是浪子回头，就只是一个老套的故事，在话本小说里屡见不鲜。《翩翩》有意思在于不仅是浪子回头，还有一些值得我们今天思味的东西。这便是带出的一点儿现代性，《聊斋》在很多老故事中蕴含着现代的元素，是蒲松龄不见得意识到的，是超越文本之上的。

所谓现代性，就是和我们今天的关联性。它不是滞留在过去，而是指向今天。就像一粒老莲子，可以萌发出今天的新芽；就像一个旧陶罐，可以盛放今天新榨的果汁或清新的泉水。这样的作品，便成为一面镜子，可以照见我们今天的世界和内心，而不是一面尘垢蒙面的青铜镜，只可陈列在历史博物馆里。

《翩翩》讲一个叫罗子浮的浪子，被翩翩搭救。翩翩用清溪水洗疮，用芭蕉叶做衣，又以不同树叶做成各种食物，在纯净的大自然中，让这个罗子浮得以重生。罗子浮刚刚恢复了人样，就急不可耐地跑到翩翩的床前，觍着脸求同房云雨共欢。翩翩骂他道："轻薄儿，甫能安身，便生妄想。"他却说是"聊以报德!"恬不知耻到这种地步，完全是现代某些人的一副嘴脸。这是罗子浮欲望难尽的第一次亮相。

第二次，来了另一位狐魅花城，和翩翩一样，也是花容月貌，罗子浮一见倾心，哪里禁得住这样的诱惑。吃饭时，果子落地，罗子浮弯腰捡拾时，趁机捏捏花城的脚。没有想到的是，立刻，他身上的衣服，变成了原来的芭蕉叶，难以遮体。他赶紧收敛，收回邪念，坐回原座，芭蕉叶又变成了衣服，遮挡住他的身体，也遮挡住他的丑态。劝酒时，罗子浮再一次春心荡漾，忍不住挑逗地挠挠人家的手心。立刻，衣服又变成了芭蕉叶。他只好又收回邪念，于是，芭蕉叶又变回衣服。芭蕉叶，在这里立起一面哈哈镜。

如此将罗子浮一次次打回原形，像坐过山车一样颠簸，让罗子浮在花城面前洋相毕露，实在既难堪，又可笑，却将一个花心男子，旧习难改，本性难移，又想拈花惹草，又怕露丑丢人，又要偷腥，还想遮掩，又想男盗女娼，还要道貌岸然，刻画得入木三分，淋漓尽致。

第三次亮相，是罗子浮禁不住人间的诱惑，想回家乡看看。翩翩一眼洞穿他的心思，直言他是"子有俗骨，绝非仙品"。便裁云为棉，剪叶做驴，让他回去。他回到家乡，立刻，衣服变成秋天的败叶，衣服里面的棉絮蒸蒸成空。迅速将他打回原形，赤条条，哪儿来的哪儿去。最后，罗子浮重回旧地找翩翩，却已经是"黄叶满地，洞口路迷"。

《翩翩》的一头一尾，写得都不精彩，不足一观。但是，掐头去尾留中段，罗子浮这三次亮相，尤其是后两次借助芭蕉叶的亮相，写得确实精彩。设想如果用现实主义的方法来写罗子浮，该如何铺排描写？便看出来蒲松龄的这把芭蕉叶的厉害，比牛魔王的那把芭蕉扇还要厉害。牛魔王的那把芭蕉扇，面对的只是火焰山有形的大火；蒲松龄的这把芭蕉叶，面对的是人心中看不见却更加凶猛的欲火中烧。罗子浮内心之中所有的潜台词，内心之外所有的堂而皇之的遮掩，都被这芭蕉叶剥得精光，让你感叹人世之外，还有一个世界，将人性中种种丑陋的弱点乃至卑劣之处，明察秋毫，看得清清楚楚，并为你指点得明明白白。这个世界，在蒲松龄那里就是狐魅世界。在《翩翩》里，他让芭蕉叶施展魔法。

读《翩翩》，可以连带读明人徐渭的剧本《四声猿》中的《翠乡梦》。讲的是和尚玉通持戒不坚，色戒被破，转世投胎成了女人，欲火纵燃，放虎出笼，引诱他人，最后堕落为妓女的故事。这个玉通，比罗子浮走得还远。两厢对读，会很有意思，《翠乡梦》和《翩翩》为同一坐标系的相对两极，均揭示了世事苍茫之中诱惑无所不在的醒世恒言。各种欲望下罗子浮和玉通的竞赛，让我们感慨人世进化很大，人性变化不大，潜藏心底的种种轻浮、丑陋、卑劣乃至罪恶的欲望，让世人面临着省心明性的考验。徐渭时代如此，蒲松龄时代如此，现在也是如此。

《翩翩》读罢，戏仿《聊斋》中的异史氏曰，作一首打油，作为结尾，聊以为感——

评妖论鬼说神仙，叹古哀今读柳泉。

蕉叶羞成遮丑布，雪云愧作暖心棉。

翻将洞口花落雨，弹向人间魂断弦。

美女从来出狐魅，秋坟谁再唱翩翩。

## 《双灯》双尾

《聊斋》里有一篇《双灯》，以前没有读过，先读了汪曾祺先生的"聊斋新义"中的《双灯》。

这是一篇《聊斋》中典型的狐狸精的故事，但比其他狐狸精的故事要简单，就是这位漂亮的狐狸精看上了卖酒的魏家二小，化作漂亮的女郎，和二小夫妻生活半年之后，说是缘分已尽而分手的故事。因为狐狸精每次来二小家时，都有两个丫鬟挑着双灯送迎，所以题目叫作《双灯》。这个题目起得好，颇有余味，不像其他题目如《促织》《偷桃》《聂小倩》那样直白。

仔细读汪先生改写的这一篇《双灯》，很有意思，特别读到结尾时，有两处，眼睛忽然跳了一下，心里一动，别有所思。

一处是二小问狐狸精为什么突然想起要分手，狐狸精告诉他缘已尽；二小又问什么是缘，狐狸精告诉他缘就是爱，进而又说我们和你们人不一样，不能凑合。这个"凑合"，那么像汪先生的口吻。

一处是丫鬟挑双灯伴狐狸精而去，二小一直望着她们登南山远去，双灯一会儿明，一会儿灭，二小掉了魂儿。小说最后一句："这天夜晚，山上的双灯，村里人都看见了。"

当时，感到结尾这两处的改写，明显是汪先生的文笔。猜想，肯定是汪先生的画龙点睛。

第一处，完全是现代人的思维，是汪先生的，不是蒲松龄的。蒲松龄可以讲缘分，但不会说缘就是爱，更不会讲"凑合"。这是汪先生借助钟馗打鬼，替蒲松龄升华，搀扶着蒲松龄迈上一个新台阶。

第二处，这样收尾一笔，太像汪先生了，人已去，灯犹在，二小看灯，全村人也看灯，不动声色的白描之中，余味袅袅。双灯，不仅是小说的道具，而且成了小说的意象。

后读蒲松龄原著《双灯》，尤其注意结尾。发现狐狸精告别前和二小的一大段对话，果然是汪先生所加。蒲松龄只让狐狸精说了一句："姻缘自有定数，何待说也。"便一笔带过，没有那么多的对白和心绪抒发。不过，要承认，汪先生加得好，让三百多年前的一则小说，不只是一枚话本式的标本，而有了鲜活的现代气息；让一则"人鬼情未了"的老故事，化蛹成蝶，飞进今日的生活中，和我们有了切近感。

蒲松龄这则《双灯》，最后也是二小送别狐狸精，望着南山上双灯明灭，心里难舍又难受。关键是最后一句："是夜山头灯火，村人悉望见之。"让我看了心里一惊，原来并非汪先生私自的添加，居然和汪先生改写《双灯》的最后一句，完全一样。

为什么完全一样？

我没有将《聊斋》全部四百余篇作品读遍，不知道还有没有和《双灯》一样或类似的结尾。在我读过的有限篇幅中，没有见过。蒲松龄更多愿意如《翩翩》一样的结尾，也是"人鬼情未了"的故事，人和狐狸精分别之后，人再找狐狸精的时候，那狐狸精的洞口已是云迷草乱，黄叶满径，人只好零涕而返。

当然，这样的结尾，也不错，也给人留有余味。但是，这是一种很传统的结尾方法，和唐诗"人面不知何处去，桃花依旧笑春风"的写法一样，更早还可以上溯到陶渊明的《桃花源记》：人们再想重访桃花源，却已经是所向云迷，不复得路，后遂无问津者。显然，这样的结尾，并不新鲜。连蒲松龄自己也承认这样的结尾，和刘义庆《幽明录》里写刘晨、阮肇重返天台山访仙女，"踪沓路迷，不可复在，返棹回船"的结尾，真是相仿。

《双灯》的结尾则是现代式的。它将文章的韵味，不像以往那样留到故事完成以后怀旧式的怅惘里，而是描摹正在进行中的故事收尾处，做画面式的直接介入和刻画。不仅是让主人公二小遥望双灯不已，而且，让全村人一起遥望双灯不已。如此迷人且感人或还有惑人诱人之处，都闪烁在那双灯明灭之中了。不用与其他篇章相比，只和《翩翩》相比，同样都是在结尾处留白，却留得味道大不一样。

在《双灯》的结尾之处，三百多年前的蒲松龄，竟然和三百多年后的汪曾祺幽径相遇，英雄所见略同，而握手言欢，足见其小说现代性之一斑。这是《聊斋》最值得我们今天珍视的一个方面。

2020 年 8 月 18 日写毕于北京

# 读书两疑

## "读书破万卷"疑

现在，我越发对"行万里路，读万卷书"和"读书破万卷，下笔如有神"这样的说法感到怀疑。行万里路，一个人是可以做到的，红军在那样艰苦的环境下，都可以长征两万五千里，现在交通状况完全现代化，更是不在话下。读万卷书，对于我们普通人，恐怕要打一个问号了。作为读书的一种口号，这样的说法自然是不错的，但人这一辈子真的有必要去"读万卷书"吗？

少年时家穷，没有几本书。第一次见到那样多的书，而且是藏在有玻璃门的书柜里，是我在一个同学家里看到的，他父亲是当时《北京日报》的总编辑周游。那时，真的很羡慕。渴望万卷书，坐拥书城，是少年的梦想。其实，也是那时的虚荣。

这种读书的虚荣，一直延续了很久。

记得从北大荒插队回北京当老师，是 46 年前，1974 年的春天。第一个月的工资，我买了一个书架，花了 22 元，那时我的工资才 42.5 元。那是我的第一个书架，之后便开始渴望有书将书架塞满。

10 年之后，1984 年，我从平房搬入楼房，买了四个书柜。

那时，所有家具都不好买，每一种家具，都要工业券。说起工业券，年轻人会很陌生，那是那个时代计划经济的产物，要买大一点儿的日常家用物品，都需要工业券，越大的物品，需要的工业券数额越多。比如，买当时结婚用的三大件——缝纫机、自行车、大衣柜，没有一定数额的工业券是不行的。我想买书柜，但我没有那么多的工业券。一个拉平板车为顾客送货上门的壮汉，看见我围着书柜"转腰子"，走上前来和我打招呼，问我是不是想买书柜，我说是，就是没有工业券。他把我拉到门外，说他有办法，但每个书柜需要加10元钱。那时候，一个书柜只要60元。我的工资每月从42.5元涨到47元，但四个书柜加上这个加价，一共将近300元，不是个小数目。求书柜心切，我咬咬牙答应了他的加价。过了两天，他真的把四个崭新的书柜送到我家。

有了四个新书柜，让书把书柜塞满，成了那一阵子的活儿。读书破万卷，对我依然诱惑力颇大。仔细想想，塞满四个书柜的那些新买来的书，至今很多本都是从来没有读过的。读书的虚荣，藏在买书之中，藏在我家的四个书柜之中。

如今，几次搬家，当年买的四个书柜早被淘汰，而变成了十个书柜，买的书、藏的书，与日俱增，显得很有学问，仿佛读了那么多的书，颇像老财主藏粮藏宝一样，心里很满足。读书万卷，依然膨胀着读书的虚荣。

大概是随着年龄的增长，对于读书的理解，和年轻时候不大一样了吧。再加上家里的书越来越多，不胜其累，便越发对读书万卷产生了怀疑。我不是藏书家，只是一个普通的作者兼读者，买来的书是为了看的，不是为了藏的。清理旧书便迫在眉睫，发现不少书其实真的没用，既没有收藏价值，也没有阅读价值，有些根本连翻都没翻过，只是平添了日子落上的灰尘。我便想起曾经看过的田汉话剧《丽人行》，其中有这样一个细节：丽人和一商人同居，开始时，家中的书架上，商人投其所好，摆满琳琅满目的书籍，但到了后来，书架上摆满的就都是丽人形形色色的高跟鞋了。我在心里不禁嘲笑自己，和那丽人何其相似，不少书不过是充当了摆设而已。买书不读，书便没有什么价值。便开始下决心，一次次处理掉那些无用的书或自己根本不看的书，然后毫不留情地把它们扔掉，连送人都不值得。

我相信很多人会和我一样，买书和藏书的过程，就是不断扔书的过程。买书、藏书和扔书并存，是一面三棱镜，折射出的是我们自己对于书的认知的影子。

现在，我越发相信，读书万卷，只是一个听起来很好听的词汇、一个颇具诱惑力的美梦、一个读书日动人的口号。我仔细清点一下，自己应该算是个读书人吧，但自己读过万卷书吗？没有。那么，为什么要相信这样虚荣的读书诱惑？为什么还要让别人也相信这样虚荣的读书口号呢？

书买来是给自己看的，不是给别人看的。正经的读书人（刨去藏书家），应该是书越看越少、越看越薄才是，再多的书，能够让你想翻第二遍的，就如同能够让你想见第二遍的好女人一样少。想明白了这一点，贴满家中几面墙的十个书柜里，填鸭一般塞满的那些书，有枣一棍子、没枣一棒子买来的那些书，不是你的六宫粉黛，不是你的列阵将士，不是你的秘笈珍宝，甚至连你取暖烧火用的柴火垛和如厕的擦屁股纸都不是，是真真用不了那么多的。需要毫不留情地扔掉。在扔书的过程中，我这样劝解自己：没有什么舍不得的，你不是在丢弃多年的老友和发小儿，也不是抛下结发的老妻或新欢，你只是摒弃那些虚张声势的无用之别名和以为书中自有颜如玉、书中自有黄金屋的虚妄和虚荣，以及名利之间以文字涂饰的文绉绉的欲望。

我不知道别人如何，单就我来说，这些年扔掉的书，比书架上现存的书，肯定要多。尽管这样，那些书依然占有我家整整十个书柜。下定决心，坚决扔掉那些可有可无的书，是为拥挤的家瘦身，为自己的读书正本清源。因为只有扔掉书之后，方才能够水落石出一般彰显出读书的价值和意义。一次次淘汰之后，剩下的那些书，才是与我不离不弃的，显示出它们对于我的作用，是其他书无可取代的；我对它们形影不离，说明了我对它们的感情，是长期日子中相互依存和彼此镜鉴的结果。这样的书，便如同由日子磨出的足下老茧，不是装点在面孔上的美人痣，为的不是好看，而是走路时有用。

真的，不要再相信什么"读书破万卷，下笔如有神""行万里路，读万卷书"一类诱惑我们的诗句和口号。与其做那读万卷书的虚荣乃至虚妄之梦，不如认真地、反复地读少一些甚至只是几本值得你读的好书。罗曼·罗兰说：人这一辈子，真正的朋友，其实就那么几个。也可以说，人这一辈子，真正影响你并对你有帮助的书，一定不是那么虚荣和虚妄的"万卷"，而只要那很少的几本，就足够了。

## "读书改变人生"疑

关于读书，有一句很流行的话，叫作"读书改变人生"。我对此很是怀疑，觉得和过去我们曾经批判过的"书中自有千钟粟，书中自有黄金屋，书中自有颜如玉"的价值观颇有些相似，或者说是异曲同工。只不过，读书所要改变的人生目标有了变化——其实，变化也不大，如今追求的娇妻、豪车、大宅，仔细对比一下，除了豪车取代了千钟粟，黄金屋和颜如玉，却是"山形依旧枕江流"。

因此，我一直以为，如果作为读书的口号，提"读书改变人生"，不如说"读书丰富人生"更好些，因为前者有着明显的实用主义色彩，将读书当成人生进阶的阶梯乃至敲门砖，将本来是滋润心灵与精神的书籍，变成了改变人生的工具；把本来学科种类丰富多彩的书籍，变成了热衷于各种考级拿证的竞技场，毫不遮掩地沾惹上功利和欲望的阴影，实在有悖读书的初衷。

近读《聊斋》，读到其中的《书痴》，更坚定了我对"读书改变人生"的质疑。

《书痴》讲的是这样一则故事：一个叫郎玉柱的书生，信奉"书中自有千钟粟，书中自有黄金屋，书中自有颜如玉"这样的古训。"书中自有千钟粟"是写他掉进古人藏粮食的地窖，里面已经变成泥坑，粮食全都腐烂了。"书中自有黄金屋"是写他取书看时，看到书中夹着一片剪纸小金屋，却是镀金的。"书中自有颜如玉"是写他读书时，见书中夹一绢纱剪成的美人，还真的就变成了鲜活的大美人，名叫颜如玉。如此，读书的三项"指标"，前两项没有完成，最后一项毕竟得以实现，读书真的能够多少改变人生，郎玉柱自是欢喜不已。而且，颜如玉还和他成家，为他生了孩子，只是颜如玉还要求他必须把书全部扔掉，不再读书。郎玉柱对美人说："书是你的家，我的命，怎么能扔呢？"颜如玉却对他说："你的命数到了！"果然，一语成谶，一位姓史的县太爷欲掠颜如玉，杀上门来，遍查书中，没有找到，一气之下，将郎玉柱家的书全部烧光。

《书痴》最精彩的是这一部分。下面的故事，则是因果报应，郎玉柱依然坚持读书，最后考取功名，中了进士，当了巡按，法办了贪官史县令，并将其妻妾据为己有——也还是读书改变人生，千钟粟、黄金屋、颜如玉，样样进账，落进窠臼。

如果删去这后面一节，前面所写则可以说是对今日的一则醒世恒言。尽管最后结局有些极端，但对于欲望与实用主义过于张扬的所谓"读书改变人生"，真的是具有反讽之意，其与现今相关联的现代性，与《聊斋》中其他鬼魅花狐的故事不尽相同。这位藏在书中的绢纱美人颜如玉，即使没有告诉我们读书的一些真谛，起码告诉我们，千钟粟、黄金屋、颜如玉，当然可以从书中得到，但如果读书的目的仅是如此，便也可以悉数失去，不那么真实可靠。

想一想，如今，我们虽然不再说什么"书中自有千钟粟，书中自有黄金屋，书中自有颜如玉"了，但是，在很多人的心底，其实还是相信的，还是渴望的。"读书改变人生"的口号，如今很是响亮。你不觉得这两者之间似曾相识吗？

不可否认，自古以来，读书的目的都不会那么纯粹，读书包含着功利与欲望的因素，这无可厚非。读书过程中的实用主义，在现实生活中，也有着合理成分，而且，会越发显得重要，所谓学以致用，而不是将读书变成空中楼阁，成为一种虚幻的存在，就像博尔赫斯所幻想的图书馆是天堂的模样一样。只是不要把读书功利与欲望的色彩涂抹得过于张扬而凸显就好，不要让我们真成为《聊斋》里的那位郎玉柱，读书之后完满收获了千钟粟、黄金屋、颜如玉，箭箭中的，立刻升迁为巡按，将史县令打翻在地，从学霸一跃成为物质与权力的三重霸主。

我们可以说读书有助于改变人生，但我们更要说读书可以丰富人生。改变人生，只是让我们的生活富有；丰富人生，则可以让我们的心灵半径延长，让我们的精神天空轩豁，让我们的视野开阔，走出水泥建筑遮挡住的天际线，看到遥远的地平线，能够如布罗茨基说的那样，看到"这样的地平线，象征着无穷的象形文字"。

2020 年 6 月 15 日于北京

# 燃烧的蜡烛

闭门在家，看书成为打发时间的最好方法。断断续续，一直在读《布罗茨基谈话录》和以赛亚·伯林的《个人印象》。两本书中，都有关于诗人阿赫玛托娃的篇章，对这位"俄罗斯的月亮"，两人都充满了深厚的感情。

其中，布罗茨基回忆起这样一件事：1965 年 2 月 15 日，阿赫玛托娃曾经寄给他两支蜡烛。那时，布罗茨基 25 岁，阿赫玛托娃对他这样一个年轻诗人非常赏识，一直给予关怀和鼓励。在《个人印象》中，记录阿赫玛托娃和以赛亚·伯林的对话，她说："我们是以 20 世纪的声音说话，这些新的诗人谱写新的篇章。""他们会让我们这一帮人都黯然失色。"这里所说的"他们"和"这些新的诗人"中，首先包括布罗茨基。这时，布罗茨基正被流放，身处偏远的荒野之地，接到这样的两支蜡烛，心情可以想象。

更何况，这是两支什么样的蜡烛啊。布罗茨基回忆：这两支蜡烛"来自锡拉库扎，极其地美好——它们在西方制造：透明的蜡烛，阿基米德式的……"

我无法想象透明的蜡烛是什么样子，尤其是燃烧的时候，通红的火焰升腾在透明的蜡烛上的样子，因为我见过的蜡烛都是白色或红色的，从来没见过透明的。我也不知道阿基米德式的蜡烛是什么样子的，只知道锡拉库扎是意大利西西里岛上的一座古城，来自那里的两支古典式的蜡烛，无疑是珍贵的礼物。对于正在受难中的布罗茨基，其珍贵不仅在于感情的古典，同时，也在于燃烧的蜡烛给予他光明的希望。

对于没有大规模停电经历体验的人，如今的蜡烛，只成为婚礼现场和夜餐厅的一种情调的点缀，袅娜摇曳的烛光，美化或幻化着人们似是而非的想象。如果再稍微文化一点儿，对于我们中国人，蜡烛有心，和竹子有节，成为感情和气节的一种古老的象征；或西窗剪烛，成为一种情感与期待。

蜡烛，对于俄罗斯人，尤其是在莫斯科和圣彼得堡的人们而言，曾经是珍贵无比又是痛苦无比的回忆。第二次世界大战期间，德国入侵苏联，全城停电的夜晚，蜡烛带来萤火虫般点点闪动的微光，它不仅照亮黑暗，也辉映着炮火的闪光，曾经刻印在肖斯塔科维奇的交响乐和诗人的诗行间，也刻印在那一代俄罗斯人的记忆里。

蜡烛，在阿赫玛托娃那里，也曾经是诗的一种意象。记得在《安魂曲》中，她写过这样的诗行：

蜡烛在我的窗台上燃烧，
因为悲痛，没有其他理由。

这是只有阿赫玛托娃和布罗茨基那一代人才有的记忆。蜡烛，便不止于诗的意象，而成为生命中的雪泥鸿爪，一个时代抹不去的印迹。蜡烛无语而沧桑，燃烧着一代人的悲痛，这种诗歌，便具有了史诗的意味。

在遥远的荒野之地，接到这样两支蜡烛，便和岁月静好的平常日子里，意义不尽相同。莎士比亚有句台词："人变了心，礼物也就变轻了。"同样可以说：世道变了，人心始终如一，礼物也就更显得重了。

事过经年，这两支蜡烛的细节，晚年的布罗茨基记忆犹新。往事重忆，旧诗新读，别有一番滋味。尤其在武汉封城一月有余的日子里，读这样的诗句，不由得想起武汉城中那些来自全国各地、救死扶伤的医护人员，还有那守望相助的满城百姓。特别是想起那些为救灾而献身的医护人员，那些因病毒入侵而逝去的芸芸众生，更是痛彻心扉，"因为悲痛，没有其他理由"，燃烧的蜡烛，便燃烧着我们共同的心。

夜静心不静，写下一首打油诗，以抒读后之感：

> 闭户锁门伤岁华，读诗阿赫玛托娃。
> 春风不解江边疫，冷雨犹开纸上花。
> 樱树花前月空落，安魂曲后夜哀筎。
> 一联蜡烛悲痛在，垂泪替人多少家。

2020 年 2 月 29 日于北京雨中

# 辑五　艺术小札

# 戏剧学院笔记

1978 年到 1982 年，我在中央戏剧学院读书四年，我们是恢复高考戏剧学院招收的第一批学生。说实在的，有些课程，我没有好好学，那时候，一门心思，就想写东西。

课余我爱去的地方，是学院的小礼堂。那里是表演系和导演系的天下。舞台上，几乎每周都有排练。排练时，门户开放，电影学院、外语学院的不少同学，闻讯纷纷赶来，一边观看，一边眉来眼去，谈谈有始无终的恋爱。当时，姜文、岳红、吕秀萍、杜源、杨青等人排练的好多小品，我都是在那里看到的。

戏剧学院表导演的教学，重视并讲究小品的训练，有一整套的教学方法。小品的品种很多，有生活模拟小品，有形体表现小品，有音乐小品，有无声或无实物表演小品……其中有一种声响效果小品，最吸引我。这种小品，最后落幕前要把戏剧高潮集中在一种声音上，比如钟声、雷声，或者盘子摔碎、墙上的画框落在地上的声音，等等。这种小品，不仅考验表演者的表演能力，更考验构思能力，让前面所铺排的一切，千条江河归大海，最后浓缩集中在一种声音上，瞬间如花訇然绽放。

这样的小品，要在咫尺天地之中显示才华，其中最后出现的声音，让人感到惊奇、欣喜、悲伤、惘然若失等种种的意外，有一种独具魅力的艺术回味，颇类似欧·亨利的短篇小说。这样的小品，对我的写作有很大的启发，让我感悟到戏剧和文学之间天然的关系，有丰富戏剧营养的作家，文学创作的笔墨会更多样更充盈；有丰富文学修养的演员或导演，表演的深度和厚度会更绵长蕴藉。

在小品训练中，表演系的老师要求他们的学生先到生活中去观察，搜集素材，然后再来组织自己的小品，不能闭门造车。他们后来在电视台演出的有名的小品《卖花生仁儿》，就是这样产生的。我们戏文系的老师也要求我们注意生活的观察和积累，叫作磨刀不误砍柴工。

这一点要求，非常重要，也是我在戏剧学院学习四年最为重要的一种训练和收获。

我有几个笔记本，记的是生活中的点点滴滴，类似表演系学生做小品之前的生活素材的积累，或者像舞美系同学随身携带的速写本。这几个本子对我的写作帮助很大，可以说是写作的基本功训练。将近四十年过去，硕果仅存，如今只剩下一个绿皮小本。重新翻看这个笔记本，如同重返校园，和自己的青春重逢。笔迹歪斜，雪泥鸿爪，挑选一些，摘录如下——

　　学院里，一位欧洲文学史的学者，和一位政工干部恋爱。当年他们是同学。"文革"中的一段对话——
　　"你还记得古希腊《被缚的普罗米修斯》吗？"
　　"记得。"
　　"看他在那样的威胁下，也没有屈服。"
　　"我懂得你的话。"

表演系进修班一个女同学，和我们戏文系一个男同学恋爱开始时，对男同学说："我演过一百多个角色，有时在生活中分不出我是在演戏，还是在平常普通的谈话。"

"那现在呢？你是在演戏，还是在和我说话？"

"看你说的，我是说有时候，进入角色的快感，你一点儿也不懂！"

分手时，她把一叠礼物还给他，对他说："人变了心，礼物也显得轻了！"——这是莎士比亚的一句台词。


月夜。

"你记得莎翁《威尼斯商人》最后一幕，罗兰佐对他的情人说过的话吗？'好皎洁的月色！微风轻吻着树枝，不发出一点儿声响，我想正是在这样一个夜晚，特洛伊罗斯登上了特洛亚的城墙，遥望克瑞西达所寄身的希腊人的营盘，发出他深心中的悲叹！'"

"知道，后来克瑞西达变了心。我知道！"

"那你呢？"

"不知道，我只知道克瑞西达，不知道自己。"


他说话爱提名人。

有一次，讲起编剧的方法，他对同学说："车尔尼雪夫斯基说合理的个人主义……亚里士多德讲悲剧，一是英雄人物死亡，一是顺境变逆境……有这两条够了，你就编去吧！"

有一次，编剧进修班的一个同学请教他，他问人家："你来这里几年了？"

"三年了。"

"莫里哀流浪了十三年，才写出第一个剧本。"

一次，谈起恋爱中漂亮和爱的关系，有同学说漂亮最重要，一见钟情就是因为首先看到的是漂亮。有同学说爱重要，情人眼里出西施，母猪也能是貂蝉。

他说："美不存在被爱者的身上，存在爱者的眼中。'猫抓老鼠，只要抓自己的眼睛就可以了。'这是狄德罗说的。"

你不觉得他是莎士比亚的一个杰作吗？

是，是《奥赛罗》里的埃古。

你不觉得她是曹禺的一个杰作吗？

是，是《日出》里的老翠喜。

人家的人生道路，讨论了这么久，你一句话就完了，这么简单？

牛顿的物理定律，欧几里德的几何定理，都是这样几句话就说清楚了。

那你的话就是牛顿的物理定律，欧几里德的几何定理了？

这几段笔记，明显带有戏剧学院的色彩。当时，刚粉碎"四人帮"不久，四方洞开，八面来风，校园里，充满百废待兴、唯新是举的气氛。进了戏剧学院的学生，更愿意显示自己的身份特点，常常把那些戏剧家尤其是外国戏剧家，如莎士比亚、莫里哀、迪伦马特、奥尼尔、契诃夫、万比洛夫等人挂在嘴头，就像大家出门特别愿意把戏剧学院的校徽挂在衣襟上一样，坐公共汽车，售票的小姑娘都会高看几眼，常常是大家逃票的挡箭牌。如果换一个环境，哪怕是换一所学校，再说这样的话，都不合适，会让人觉得造作。在戏剧学院里，一点儿没有违和感，大家听了，都觉得特别有趣，常常会心会意。人们常会忽略或者模糊了现实与戏剧中的界限。在那所小小的校园里，迟到的青春，在课堂内外和书本上下跳进跳出，借助戏剧情景，回光返照。

我特别愿意把听到的这样的话，看到的这样的事，记录下来，在晚上宿舍熄灯之后，讲给大家听，大家哄笑之后，又给我补充好多，笑声更是此起彼伏，成为课堂教学的一种延伸。

还有一类，我也特别愿记，便是生活的点滴，是从表演系的同学排练小品受到的启发，因此，对人物的对话尤其感兴趣。对话，是话剧中表现艺术的重要手段，和小说中的人物对话相似，又不尽相同，比小说更丰富（因为得有潜台词），更精练（因为舞台的限制不能如小说啰唆过于随意），更具有现场感（因为对面就是观众而不是看不见的读者）。笔记中记录的这些对话，都非常生活化，自己瞎编或想象，是编不出来的。对于人物对话的敏感和重视，得益于戏剧学院四年的读书，特别是表演系的小品——

每周六的晚上，宿舍里有位同学，都要把皮鞋擦得锃亮，接着对着一个小圆镜子梳呀，梳呀，把头发梳得锃亮。然后，挎上背包，走出宿舍，走出校门。

周日晚上，他回来了。回来就看菜谱。

大家问他："喂，过得怎么样呀？""怎么一回来就看菜谱呀?"……

"别提啦,我把菜炒煳了!"

不用说,他又是跑到老丈人家练手艺献殷勤去了。


你这头是哪儿剃的?

你猜!

你告诉我嘛!

不,你猜!

我妈那儿。对吧?

就在一拐弯儿那儿的理发店。

你看嘛,就是我妈那儿,是我妈给你吹的风吧?

不知道,我又不认识你妈!

个子高高的。

不,矮矮的。

最里边的那个? 对吗?

不对。

得了吧! 我妈吹的风,我一看能看出来。

这次,你看错了。

行啦,你别逗我了。

我干吗逗你呀? 是个小姑娘给我剃的头嘛!

不理你了! 找你那个小姑娘去!


两个同学吃早点。一个撕开包装纸,吃面包,一个吃馒头。

你看你吃面包,我吃馒头。

还不都一样，都是面粉做的。

那可不一样。你的穿着漂亮的衣服呢，我这是裸体。

真想找你，又不敢，只好老找下雨天去，你家又住在院子最里边，两边屋里的人一看我来，都把脸贴在窗户玻璃上，好像看一个从火星来的人。

有一次，你给我读一首诗，我就站在你身后，看见你嘴唇上长着一层茸茸的小毛毛，不像现在有了扎人的胡子。当时，你以为我一定在注意听你读呢吧？

我喜欢《七月》这本诗集，多么热烈，看得你心里发烫！

得了吧，你喜欢那妞儿的大脚丫子吧，像一艘船，看得你心里发烫！

真庸俗！

我不明白，怎么一提起脚丫子就庸俗了呢？人没脚丫子能行吗？怎么走路？照你这么说，澡堂子里修脚师傅是世界上最庸俗的人了？那么，有了鸡眼，找谁呢？

你手里有大鬼，又有小鬼，还有本主二，那么多的好牌，怎么让你打砸了呢？

就是因为好牌太多了！

好牌多还不好？那让我们一手孬牌的还怎么个活法儿？

好牌多，就不知道怎么出牌好了，也容易嘚瑟，三犹豫，两嘚瑟，就崴泥里去了。

公园的小亭子里，常有俩老头儿在那里唱戏，一人坐着拉胡琴，一人站着唱，用手里的拐棍儿打着拍子。唱到好处，众人叫好。唱到高处，引颈如鹅。唱到最高音唱不上去了，笑道："费劲了，早年可不是这样！"

拉琴的老头儿笑问："早年？早年是什么时候？梅兰芳时候，还是马连良时候？"

旁边人起哄道："是钱浩梁的时候！他唱'临行喝妈一碗酒'最来劲！"

笔记上，也记录了很多生活细节或场景，也有一些人物命运的悲欢离合。这样的笔记，一般会比较长，摘录几段稍微短一些的，可以看出当时我的兴趣点和关注点——

表演系的一个男同学，说话时总找胸腔共鸣，嗡嗡的，跟个音响似的。他还特别爱在水房里背台词，水房在戏文系宿舍的楼上，房间小，水哗哗流动中，发出的声音带水音儿，共鸣效果最好，挺好听的。但是，一大清早就听见他那带水音儿的台词朗诵，特别招人烦。后来，他在一出大戏里，扮演一位伟人，全局中只出场几分钟，只有一句台词，声音并不嘹亮，而且，也没有水音儿。一打听，原来他的嗓子莫名其妙地坏了。

十三年没见，他到她的单位找到她，毕竟读中学的时候是朋友。

"你还认识我吗?"

望着他那一脸大胡子,她没有认出他来,更叫不出名字,却说:"怎么会不认识!"

送他走后,在传达室的来客登记本上,才看到他的名字。但是,这个名字对于她很陌生。


文百灵。武画眉。

早晨,老头儿提着鸟笼遛鸟。百灵鸟笼矮些,画眉鸟笼大些。遛鸟时,百灵笼要晃动的幅度大些,它才会高兴。打开鸟笼,画眉飞出来,飞到树枝上,快活地叫一阵子,又飞回鸟笼。

喂它们的都是精食。玉米面和蛋黄合在一起,晾干,搓成粉末;夏天天热,放点儿绿豆粉,败火;还得捉些活虫儿,给它们尝鲜。

百灵叫得好听,它能模仿各种声音,小鸟的叫,蛐蛐的叫,钟摆的声音,连对过小车吱吱声,小河流水的哗哗声,都会。但是,如果小孩撒尿,老头儿提起鸟笼,赶紧离开,怕是"脏鸟"。

画眉叫得比百灵声高、粗、响。它像是粗大健壮的小伙子,百灵像能织善绣的闺女家。

鸟笼中央,有一根横棍儿,上面沾满粗拉拉的沙子,为了给鸟挠痒痒。有时,老头儿伸出筋脉突兀的手,用长长的手指甲,轻轻地给鸟梳理羽毛,鸟舒服地立在横棍儿上,懒洋洋地望着太阳,惬意极了,就像恋爱时被情人抚摸。

鸟通人性,它也知道享受。老头儿说。

那时候，学校里也举办一些活动，印象比较深的，是舞美系举办过一次学生作品画展，表演进修班的李保田举办过一次他个人的画展。展览都在教室里，规模不大，很简陋，但是，洋溢着那时候勃发旺盛的青春气息。两次画展，我都去了，舞美系的画展，在每幅作品旁边，有学生为画作写的简单说明。这些题句，有些像诗，比我们戏文系写的都要好。幸运的是，笔记本上居然还留有当年的记录——

《雨中》：画它的时候，我没穿雨衣，也没打伞。

《小路》：我喜欢小路，它崎岖，画它的时候，我省略了其他。

《爱情》：一对并排在一起的白杨，多像树木中的情侣。

《白杨林》：它使我感到音乐有了形状。

《蓝色的湖泊》：秋天一片枯黄的山中，难得有一汪如此蓝蓝的湖泊，被人遗忘。

我们戏文系曾经办过一次墙报，大家把写的诗、散文或剧本，抄在稿纸上，贴在一块黑板上。别的诗文包括我自己写的，都忘记了，唯独有一首小诗，至今记忆犹新，题目叫《简爱》，就一句："把繁体字爱中的心去掉了。"写诗的是和我住同宿舍的一位上海人，我称赞他写得好，像北岛写的《生活》，全诗就一个字"网"一样的好，无尽的感喟都浓缩在这一个字，一句话里面了。

那时候，学校常组织我们到新街口小西天的电影放映所，看一些内部电影或过路的外国电影。入学不久，刚看完重新放映的电影《柳堡的故事》，他曾经对我说："你说我看电影的时候，听到里面的插曲'九九那个艳阳天'，怎么就想要撒尿呢?"

笔记本还在，那种纯真而又诚挚的学生时代，远去了。

2020 年 8 月 22 日处暑于北京

# 流量明星在街头

读翁偶虹先生的《春明梦忆》，有一段写他陪高庆奎逛庙会的文字，非常有意思，读罢让人感慨，让人思味。

高庆奎何许人也？如今的年轻人，大概很多是不大清楚了。在二十世纪二三十年代，高庆奎是京剧老生高派的创始人，当年和余叔岩、马连良齐名，被誉为须生三大贤和四大须生之一。和梅兰芳挂双头牌在上海演出，曾经盛况空前，一票难求。按照现在的说法，就是一位不折不扣的流量明星。

庙会上，还有一位流量明星，是绰号叫作"面人汤"的汤子高。在老北京，汤氏三兄弟，如同《水浒传》里的阮氏三杰一样，都是京城捏面人的高手，名噪一时。汤子高是汤氏三兄弟中的老三，被人称作"汤三儿"。他擅捏戏曲人物，人物造型精准，带有故事性，曾经为不少京昆名角捏过戏人，造像逼真，颇受好评。一位戏人，价钱居然最高达一块现大洋，在当时，这可不是一个小数目。翁偶虹先生称赞他"风格如国画中的工笔重彩"。

这一天，两位流量明星，在庙会上相会，该是一种什么样的情景？

汤子高久仰高庆奎。高庆奎也久闻汤子高的大名。这是他们的第一次相见，不是在舞台上的镁光灯闪烁之中，不是在宴会上的灯红酒绿之中，不是在电视上的明星访谈节目中，也不是在观众葵花向阳一般的簇拥中。就是在街头的庙会上，在熙熙攘攘热热闹闹的人来人往中。

寒暄过后，汤子高技痒手痒，好不容易见到久仰的高先生，便直爽地要求高先生为他摆一个《战长沙》的身段，他来照葫芦画瓢，当场捏个面人儿。这颇像画家的写生，却又是比写生还要有难度和有意思的一桩趣事。因为画家写生的对象可以是一般的人，而汤子高面对的可是京剧名角。这不仅要考验摆出身段的人的本事，也是考验作者的本事，别在高庆奎的面前演砸了，露了怯。

高先生也不推辞，不像我们当今一些流量明星一样忸怩作态，而是爽快地一口答应。

《战长沙》是一出有名的红生戏，也是高庆奎的拿手戏，讲的是关公和黄忠长沙一战生死结盟的故事。高庆奎就在汤子高的摊位前摆了个关公拖刀的身段，展现的是"刀沉马快善交锋"的雄姿，很是英气逼人。但是，这是个单腿跪像，对于汤子高而言，捏起面人来，不是一个好的角度，他觉得有些棘手，一时不好下笊篱。

好不容易见到了名角，又好不容易让人家为自己摆出了身段，按照我们如今想象力的发挥，该如何是好？或者，就坡下驴，知难而进，捏成什么样就是什么样；或者，不好意思，虚与委蛇，委婉逢迎，让高庆奎觉得盛情难却，自己换了个身段。那时候的艺人，毕竟不是如今的流量明星，没有那么多讲究的派头和复杂的心思，而是直爽得没有一点儿拐弯儿，如同一根笔直的竹子，可以参天裁云，也可以入地生笋，直爽得那样可爱。

汤子高看高庆奎这个关公拖刀的姿势不灵，立刻请高先生换个姿势。高庆奎没有觉得这个要求有什么过分，或者是对自己的什么不尊重，只觉得像走路迈出了右脚再换成左脚一样，是很方便，很自然的事情，立马儿换了个关公横刀肃立的亮相姿态，立在汤子高的面前。

那么多人的围看，那么久的时间立着，高庆奎没有一点儿不耐烦，和在舞台上正式演出一样。那一刻，他不是高庆奎，是红脸的关公。

其实，并没有用太久的时间，只是汤子高心里觉得让高先生立在那里，心里有些过意不去，感觉着时候不短。汤子高没用两碗茶的工夫，面人儿捏好了，他把面人装进一个玻璃匣中，走到高庆奎面前，奉送给高先生。高庆奎一看，面人捏得惟妙惟肖，让他爱不释手。他对汤子高说：手工钱我领了，但玻璃匣钱照付。便拿出钱来——是多出一份手工费的。

这便是当时的艺人，在艺术面前，透着彼此的尊重和惺惺相惜。如今，不要说艺术品的漫天要价，或高昂的出场费和演出费，就是让那习惯于前呼后拥的流量明星，在街摊前为"面人汤"摆个身段，还要一个不行，再摆一个，这样的情景还能见得着吗？

想起美国学者戴安娜·克兰教授在她的《文化生产：媒体与都市艺术》一书中曾经说过的话："工艺品产生于个人阶级的文化世界，而艺匠的作品产生于中产阶级的文化世界。"克兰进一步指出，后者的文化世界则是以纯粹赢利为目的的。克兰在这里指出的"工艺品"，很有些像汤子高的面人，扩而言之，也可以说是高庆奎的艺术。而克兰说的"艺匠"则是我们如今很多派头十足却也匠气十足的流量明星。文化世界不同，各自追求不同，在市场和人为的操纵和哄抬下，膨胀的流量明星和艺术，已经无法和前辈的艺人与艺术相比拟。我们再也看不到高庆奎为汤子高当街摆身段的街景，便是再自然不过的事情了。

2019 年 9 月 18 日于北京

# 听民谣小札

在流行音乐中，我喜欢听民谣。一个人，一把吉他，就那样简单得不能再简单地吟唱。单纯的歌声，单纯的吉他，没有什么杂音，没有什么杂念，有些慵懒，甚至有些信马无缰、散漫无章，一任水从罐子里淌出，流湿了一地，甚至濡湿了自己的脚，还是那样唱着，弹着。歌声有些单调，反复着一种至死不渝的旋律；吉他有些醉意似的，晃晃悠悠的声音，炊烟一样袅袅飘荡在空中；眼睛望着远方，焦点却不知散落在哪里，一片迷茫，如同眼前的草地里的草在风中和阳光中疯长，摇曳的草叶间翻转着一闪即逝的微弱的光斑。

而且，民谣歌手没有眼下一些歌手选秀大赛中的浮华之风：没有那种恨天怨地的大幅度动作；没有那鲜亮的服装，夸张的服饰；没有那些龙腾虎跃，搔首弄姿；没有那些大飙高音，甚至海豚音，似乎唱歌就得像卖东西，谁吆喝的嗓门儿高谁的就好。无论歌手，还是听众，似乎已经不会好好地唱歌，好好地听歌。朴素的装束、朴素的声音和朴素的唱风，一起在沦落。

只有民谣歌手，如莲出清水，如月开朗天，吹来一缕难得的凉爽清风。民谣歌手，让人听着舒服，看着舒服，让人觉得，在这个越来越喧嚣、浮华、奢靡的世界，朴素，喃喃自语般的声音，即使微弱，还是需要的。

民谣不是民歌，尽管它们拥有民歌的元素。民歌，是历史遥远的回声；民谣则是对民歌的借尸还魂——当然，这只是比喻，民谣的生命力旺盛，一直活力四射于今天。我只不过是想说，民谣更多的是介入现实的生活之中，带有今天的地气和烟火气。

最近一些年，听我们国内的民谣不多，但我喜欢并敬重那些坚持民谣吟唱的歌手。在市场和手机视频、音频的双重冲击下，在电视台歌手选秀节目的名利诱惑下，还能够坚持并以坚韧的创作力艰难生存的这种民谣歌手，已经被淘洗得所剩不多，他们的生存状态以及衍生的创作生态，都极其不容易。唯其不易，才让我越发地珍重。

在这些民谣歌手中，朴树和赵雷，是我很喜欢的两位。

偶尔听到赵雷的《成都》，很喜欢他那种漫不经心的低声吟唱，觉得那歌声的旋律简单、不造作，是从心底里自然而有节制地流淌而出，词曲咬合得自然熨帖，吉他的伴奏也不炫技，不喧宾夺主，而和歌声肌肤相亲，水乳交融，是地道的民谣。他的歌词也极其朴素，大白话中道出真情，流露出庸常生活中那一点儿难得的诗意，朴素而情真，而不是那种花式的满口玲珑。"和我在成都的街头走一走，直到所有的灯都熄灭了也不停留；你会挽着我的衣袖，我把手揣进裤兜；走过玉林路的尽头，坐在小酒馆的门口……"尽管吟唱的还是年轻人的情思与生活的丝丝缕缕，却在寻常街景情态中捕捉到况味人生的动人之处，让人可以会心会意。

朴树的《清白之年》，我更加喜欢，更让我感动，它的曲风和歌词，都清澈如一潭绿水，却能静水流深，映彻云光天色。歌里唱道："我情窦还不开，你的衬衣如雪。盼着杨树叶落下，眼睛不眨；心里像有一些话，我们先不讲，等待着那将要盛装出场的未来。"写得不错，唱得更好。尤其是"盛装出场的未来"那一句，透露出朴树的才华。那是一种美好的向往，或者是一个憧憬和梦想。这个"盛装出场的未来"，只有青春时节衬衣如雪，只有白杨树叶纷纷落下，才和它遥相呼应，背景吻合，将写意的心情和线性的时间叠印交织，它才会不时地隐约出现，如惊鸿一瞥，魅惑诱人；如青蛇屈曲随身，又咬噬在心。

当然，如果这首歌唱的只是这些，尽管有一个"盛装出场的未来"的句子，也只是一道漂亮的彩虹，会瞬间消逝。幸亏它还有下面的歌唱："数不清的流年，似是而非的脸，把你的故事对我讲，就让我笑出泪光。""就让我笑出泪光"，不算是朴树的水平，但"老眼厌看南北路，流年暗换往来人"，看过那些似是而非的脸之后，还愿意倾听"你的故事"，一丝未散的温情之中，多了几许无言的沧桑。

接下来，他唱道："是不是生活太艰难，还是活色生香，我们都遍体鳞伤，也慢慢坏了心肠。"舒缓而轻柔的吟唱之中，唱得真是痛彻心扉。在我们司空见惯的怀旧风里，蓦然高峰坠石，即使没有砸到我们，也会让我们惊吓一阵。这句词是崔健在《新鲜摇滚》里唱的"你的激情已经过去，你已经不是那么单纯"的变奏，比崔健唱得更加锐利——不再单纯，和坏了心肠，两者悬殊，朱碧变易，一步跨过了一道多么宽阔的河，分野出前浪与后浪。这是这首歌的核儿，一枚能够扎进我们心里的刺，看谁敢正视，看谁又敢拔出。

《清白之年》，在这里才显示出题目之中"清白"二字的尖锐意义。有了这句歌词，让这首歌变得不那么千篇一律地庸常。相比赵雷的《成都》，显然从街的尽头而更上层楼。只是结尾收得太稀松平常："时光迟暮不再，一生不再来。"但收尾的笛子吹得余音袅袅，替他弥补了许多。

尽管如朴树、赵雷这样的歌手依然顽强不歇，却掩盖不住如今的民谣无可奈何沦落的现实。这让我很是惋惜。除了客观世界的残酷现实，民谣歌手自身存在的问题，其实也是值得躬身思味的。以我听民谣浅显的历史看来，起码有这样几点，显示了民谣自身的先天不足。

一是题材局限，格局不大。缅怀青春、男欢女爱、风花雪月的过多，而且，即使这样常见，也是为众人所喜爱的题材，如朴树和赵雷这样能将之唱出味道的歌手，也不多见。我们的民谣，除了周云蓬的《中国孩子》，对当年克拉玛依大火中丧生的孩子唱出过沉重的声音，其他很少见对现实果敢的介入，表达对现实的态度，对世界的发言，而大多躲在"南山南"，或"北海北"。我们更愿意沉湎于大理的风花雪月。

所以，我们难以出现如鲍伯·迪伦一样的民谣歌手，更不会如鲍伯·迪伦一样能够从 20 世纪 60 年代，坚持唱到现如今，整整半个多世纪。同其他流行音乐相比，民谣不属于年轻人的专利，它可以寿命长久，鲍伯·迪伦就是例子，更是榜样。

在鲍伯·迪伦最鼎盛的 20 世纪 60 年代，他敏锐地感知着 60 年代的每一根神经，面对 60 年代所发生的一切，他都用嘶哑的嗓音唱出了对于这个世界理性批判的态度和情怀：1961 年，他唱出了《答案在风中飘荡》和《大雨将至》，那是民权和反战的战歌；1962 年，他唱出了《战争的主人》，那是针对古巴的导弹基地和核裁军的正义的发言；1963 年，他唱出了《上帝在我们这一边》，那是一首反战的圣歌；1965 年，他唱出了《像滚石一样》，那是在动荡的年代里漂泊无根、无家可归的一代人的命名……

在 60 年代，他还唱过一首叫作《他是我的一个朋友》的歌。他是在芝加哥的街上，从一个叫作艾瓦拉·格雷的盲人歌手那里学来的，他只是稍稍进行了改编。那是一首原名叫作《矮子乔治》的流行于美国南方监狱里的歌。这首歌是为了纪念黑人乔治的，乔治仅仅因为偷了 70 美金就被抓进监狱，在监狱里，他写了许多针砭时弊的书信，惹恼了当局，竟被看守活活打死。鲍伯·迪伦愤怒而深情地把这首歌唱出了新的意义，他曾有一次以简单的木吉他伴奏清唱这首歌，一次用女声合唱做背景重新演绎，两次唱得都是那样情深意长感人肺腑。他是以深切的同情和呼喊民主、自由、和平的姿态，抨击着弥漫在 60 年代的种种强权、战争、种族歧视所造成的黑暗和腐朽。

他还唱过一首更为众人所知的歌《答案在风中飘荡》："一个男人要走多少路，才能被称为男人；一只白鸽要飞越多少海洋，才能够在沙滩入眠；炮弹还要发多少次，才会被永远禁止……"对这个动荡强悍的世界，鲍伯·迪伦这样发自思想深处的天问式的歌词，穿越半个多世纪，依然唱响在今天。

我们从鲍伯·迪伦那里学会了从木吉他改用电吉他，却始终还是没有寻找到民谣力量存在的真正答案，我们的民谣还是在风中飘。我们不再像滚石一样了，不再重返 61 号公路了，我们只是站在午夜成都的街头，看着所有的灯都熄灭了，看着人群熙熙攘攘，却过尽千帆皆不是，而只能走到街的尽头，坐在小酒馆的门口。

二是文学性欠缺，歌词太水。这样的先天不足，即使是这两年传唱不错的一些民谣，也常常存在。《董小姐》中，"爱上一匹野马，可我的家里没有草原"，《南山南》中，"他不再和谁谈论相逢的孤岛，因为心里早已荒无人烟"，都显得有些作文的痕迹。不说"野马"和"草原"、"孤岛"和"荒无人烟"的比喻并不新鲜，就是这两首不同的歌中的这两句歌词的句式，都是悖论式的转折，竟那样的相同，便可以看出我们的民谣缺乏文学的积累和训练，而显得有些捉襟见肘。

《奇妙能力歌》的歌词，写得干净爽朗，一唱三叠，韵味十足。只是，"我看过沙漠下暴雨，看过大海亲吻鲨鱼，看过黄昏追逐黎明——没看过你"，每一叠里，这样的重复吟唱的句式，运用的依然是悖论式的转折。

《理想三旬》的歌词："时光匆匆独白，将颠沛磨成卡带；已枯卷的情怀，踏碎成年代……"词句精心构制，多重比喻意象叠加，作的痕迹却刻意而明显。只要和朴树的《清白之年》相比，便可以看出差异。《清白之年》中的白杨和白衬衣，也是意象，比"卡带"和"独白"要自然贴切得多。《清白之年》也抒发了"未来"这样的年代感，但"盛装出场"的比喻，要比"磨成"和"踏碎"形象动人；同样寄托着情怀，却将情怀抒发得不那么直白。

其实，现代诗中有不少是民谣风的，特别是一些打工者紧密贴近现实与心境的诗，极其适合改编成民谣，但我们的民谣歌手不是对其视而不见，就是根本没有看到。我们的民谣歌手，需要和诗人结盟，借水行船，而不能止步于浅表层的口语化的甚至是口水化乃至犬儒化的表达。

美国前辈民谣歌手伍迪·格斯里，他曾经是鲍伯·迪伦崇拜的老师。在他的经典民谣《说唱纽约》中，有这样两句歌词，让我很是难忘，一句是："我吹起口琴，开始演奏，吹得撕心裂肺，只为每天得个一块钱……"一句是"很多人餐桌上的食物尚且不多，他们却拥有很多刀叉……"前一句，在写实的平易中，集中在撕心裂肺的那一点上，道出吹琴者的心酸。后一句，在写意的对比中，让歌词溢出生活，给我们一些社会与人生的遐想和反思。我们缺少如伍迪·格斯里这样的文学素养，便缺乏这样的生活提炼。将司空见惯的生活感受化为诗和哲思，便容易满足于生活的琐碎，以为卤煮和杂碎汤就是北京小吃的化身，以为琐碎就是民谣的精髓，再找一点儿花花草草和大而无当的形容词的点缀，和心情感情碎片涟漪的荡漾，便以为是诗一样的歌词。我们满足于小打小闹。

三是风格单调，缺少对民歌的学习和借鉴。前些年，有一位民谣歌手叫苏阳，他的民谣典型学习的是宁夏花儿小调，浅吟低唱中，像在一杯清凉的井水中又加上了棱角分明的冰块，越发的透心凉的感觉，清冽而爽朗，犹如西北辽阔田野上空那一直能够连接着地平线的莽莽长天，风格格外明显。

听苏阳的《贤良》中的那鼓声，听《劳动与爱情》中那板胡，虽然只是点缀，却真的听得让人心动，有种想哭的感觉。这是只有西北才有的音乐元素，苍凉，粗放，随意，漫不经心，赤裸着脊梁，晒黑了脸庞，云一样四处流浪，风一样无遮无拦，草一样无拘无束，紫外线一样，刺青一般暗暗地刺进你的肤色之中。

《劳动与爱情》唱的是农民工："太阳出来呀照街上呀，街上呀走着一个吊儿郎，卷起这铺盖我盖起这楼，楼高呀十层我住在地上。东到平罗呀麦子香呦，西到银川呀花儿漂亮，人说那蜜蜂啊最勤劳呀，我比那蜜蜂更繁忙……"特别是那句"卷起这铺盖我盖起这楼，楼高呀十层我住在地上"，听得让我感动，虽然只是楼和人浅显的对比，却把无奈的辛酸，残酷的现实，唱得那样朴素而真切。

《贤良》唱的是三娘教子一类事，却将传统的唱法反串成现实的寓言："一学那贤良的王二姐呀，二学那开磨坊的李三娘。王二姐月光下站街旁呀，李三娘开的是呀红磨坊，两块布子做的是花衣裳……"再不是当年的三娘断机织布，教子学业有成成才成人，而是让孩子去站街叫卖皮肉生涯。每段后面都有一段副歌，唱的是"你是世上的奇女（男）子呀，我就是那地上的拉拉缨呦。我要给你那新鲜的花儿，你让我闻到了刺骨的香味儿"。如此刺鼻刺骨，我们以为的"堕落"，他们的父母却认为是一种"贤良"。

这两首歌明显都直接借鉴了民间说唱的样式，宁夏花儿小调的曲风非常浓郁、地道。可惜，如今，苏阳不见了，这样认真而有意识向民歌学习的民谣也少见了。

苏阳的歌里，曾经有这样的几句歌词："我要带你们去我的家乡，那里有很多人活着和你们一样，花儿开在粪土之上，像草一样，像草一样。"我非常喜欢这句歌词，谈到民歌，就像"花儿开在粪土之上"一样，民间或来自底层的民歌，似乎有一种更粗野、更直露的美学，或民间逻辑，而这正是矫情乔装之后的民谣中所少有的，甚至是没有的，或者说是再怎样模仿也学不到的。没有在粪一样的环境中磨砺过的人，是不会真的知道粪土里面也能长出花来的。现在我们的一些民谣里，不少是一种城市精英或流浪的小布尔乔亚假想出的事不关己式的民间，是移植到南山或鼓楼似是而非的桃花源。这样会让我们的民谣渐渐不再姓"民"，而只成为一种自拉自弹的吟唱，是蘑菇池里游泳，而非宽阔水域中的驰骋，便也就渐渐失去了自己的根基。

尽管民谣有如此的不足，我还是愿意听民谣。我相信每一个人的心里都会有属于自己的音乐，在一个特定的时刻和音乐家的演奏或演唱他乡遇故知一般的相契合。音乐是个奇妙的东西，只要你的心中有它，它就一定能够在你的心中回荡起来，即使一时没有回荡起来，也必定有一种旋律在远方等待着你，和你心中的向往遥相呼应，就像树上的叶子，有远方的微风吹来，即使你还没有感到叶子在动，其实叶子已经感受到风的气息了。民谣，就是我向往的那种远方的微风，轻轻地拂来，带来远方雨的湿润和草的芬芳，以及地平线上地气氤氲的蠢蠢欲动。我渴望听到它，听到新鲜的它，蓬勃发展的它。

2020 年 5 月 5 日于北京

# 天坛小唱

好久没有来天坛了。伏天里的天坛，早晨凉快些。特别是在二道墙内的柏树林里，每一棵树浓密的叶子，都会遮下阴凉，吹来清风。在柏树林里漫无目的地闲逛，最是惬意。

忽然，听到一阵板胡的声音，伴随着有些嘶哑的歌声传来。细听，不是歌，是大鼓书；说准确点儿，也不是正经的大鼓书，而是有那么点儿大鼓书的味儿。显然，属于自创，自拉自唱，自娱自乐。在天坛，这样的主儿有的是，已成天坛一景。

循声走去，见一个六十多岁的老爷子坐在树阴下的一条长凳上边拉边唱，身边坐着个年龄相仿的老太太，手里在择茴香，大概是刚从菜市场买来的。前面稀稀拉拉围着几个热心的听众，津津有味地边听边议论。他是不问收获，只管耕耘，低头拉着板胡，摇头晃脑唱了一段又一段，不管观众少得只有这么可怜的几位，权且把面前的一棵接一棵密密的柏树都当成自己的观众。

我听到的是这样一段：

活着不容易，死了也是难，
跟着老婆子，整天净瞎转。
转完了那红桥，又来逛天坛。
先去了回音壁哟，再登了祈年殿。

转了一大圈哟，出去吃早点。

出了那北门哟，有家小吃店。

来碗豆汁儿喝，就俩那焦圈儿。

豆汁儿那叫烫哟，焦圈儿那叫圆。

再来张糖油饼，那叫一个甜。

吃完了回家转哟，该到了吃午饭。

晌午饭吃个啥呀（白）

——来碗打卤面。

卤要自己做哟，面要自己擀；

面要擀筋道，别忘了搁点儿盐；

卤要多搁肉呀，可别那么咸。

老婆子一通忙哟，围着那灶台转。

我要看看报哟……

那边老婆子可不干了（白），冲我大声喊：

别在那儿养大爷，快给我剥头蒜……


　　唱到这儿，唱完了。听众虽不多，但很热情，余兴未尽，纷纷问他：完了？

　　他点头说：完了。

　　这不像是完了呀，怎么也得结个尾吧？

　　都剥蒜去了，还怎么结尾？还再唱，我就成了大头蒜了！

　　他笑了，看看身边的老太太，老太太不理他，手里忙着择茴香，抿着嘴也在笑。有人打岔说：今儿中午不吃打卤面，吃茴香馅饺子吧？大家乐得更欢了。

　　我听出来了，完全是想起什么唱什么，一会儿唱，一会儿道白，一会儿是老爷子，一会儿是老婆子，有人物，有情节，完全是即兴式的说唱。不过，说实在的，曲子很单调，就那么一个调调，老驴拉磨似的来回唱。但是，很容易让人记住，而且，唱得真的是好，这词信手拈来，水银泻地，一点儿磕巴儿都不带打的，唱得那么接地气，烟火气十足，能闻得见葱花炝锅的香味儿。如果和那帮抱着吉他唱民谣的歌手相比，比他们还要有滋有味，有趣有乐，有幽有默。

我走过去，对他说：老爷子，您够厉害的呀！这小词儿编的，一套一套的，快赶上郭德纲了！

他一听我这么夸他，非常得意，对我说：今儿碰上行家了，您要认识郭德纲，赶快把我给推荐推荐，我唱大鼓书、太平歌词，现编现唱，开口脆，没问题！

我对他说：现编现唱，您这手最厉害。您看您能不能给我现编现唱一段？

旁边的人有嫌还不够热闹的，起哄让他来一段。他倒也不客气，立刻操起板胡，张口就来——


这位把我夸呀，不住把头点。

我心里乐开了花（白），

再来一小段啊，谢谢您赏脸。

活着不容易，死了也是难，

不容易也得活哟，不能总耷拉个脸，

谁也不欠你个钱（白）！

您要牢记住哟，笑比哭好看。

您还要再记住哟——

在家千日好哟，出门一时难，

家里有个宝哟，她是你老伴，

她能给你解个闷儿哟，还能陪你到处瞎胡转，

她能听你唱得跑了调哟，还能给你做顿热乎的饭，

——这个最关键！


　　唱到这儿，他用琴弓指着我的鼻头点了一点，然后，收弓站了起来。老太太把择好的茴香装进大花布包里，把择下的烂头败叶装进塑料袋里，也站了起来，笑着用拳头捶了他肩膀一下，说了句：成天就知道瞎唱！也没见你唱成个歌星，给我换俩钱花！说得大家呵呵大笑，看着他们两人一前一后相跟着，很享受地走远。

　　老太太背着的花布包，像一朵盛开的硕大的花，追着他们身后转。


2020 年 8 月 7 日立秋天坛归来

## 莫迪里阿尼和他的母亲

　　今年是意大利画家莫迪里阿尼逝世一百周年。世事沧桑，很多人忘记了一百年前曾经还有这样一位画家，很幸运，他没有像画家克里姆特和席勒死于 1918 年的西班牙大流感，他躲过了那场灾难。但他还没有喘过气来，就又落入死亡的命运。

　　关于这位只活到 36 岁便英年早逝的画家，坊间流传的八卦最多。酗酒、吸毒和女人，成为他最为醒目的三大污名。

　　才华横溢，又年轻英俊，有着一副意大利人雕塑一般独有容貌的莫迪里阿尼，在当时巴黎那一批流浪艺人中，女人缘一直是独占鳌头的。如今人们津津乐道的有这样三个人。

　　这三个人，也的确是莫迪里阿尼人生中重要的三个女人。

　　一个是俄国诗人阿赫玛托娃。1910 年，20 岁的阿赫玛托娃和 26 岁的莫迪里阿尼，在巴黎相遇而一见钟情。莫迪里阿尼为阿赫玛托娃画了 16 幅素描，"分手脱相赠，平生一片心"。后来，这 16 幅被毁了 15 幅，赤卫军搜查阿赫玛托娃家时，不是把素描烧掉，就是用来当卷烟的烟纸。硕果仅存的一幅，挂在晚年阿赫玛托娃家中壁炉上方的墙上。

　　一个是阿贝丽丝，一位从英国来到法国采访的记者兼诗人。她也曾经疯狂地爱上了莫迪里阿尼。那一年，莫迪里阿尼 30 岁。那时候，正是莫迪里阿尼的迷茫期。他从意大利来到巴黎，最初的梦想是当一名米开朗琪罗一样的雕塑家。面对大理石，一凿一凿，单调而枯燥，认真而艰苦，做了五年的雕塑，却始终没有得到人们的认可；又赶上第一次世界大战，他的第一个经纪人应征入伍，第二个经纪人根本不认可他的艺术，为了好卖画，希望他能够画一些当时流行的立体主义的画作，最后两人不欢而散。本来生活就动荡不安，一下子又经济窘迫。此时，莫迪里阿尼遇到了来自英伦的阿贝丽丝，他乡遇故知，惺惺相惜，一拍即合。

可以说，当时看出莫迪里阿尼富有旷世才华的人的确有，但第一个为之写评论文章让世人知道他的，是阿贝丽丝。她用毫不吝啬的赞美词预言莫迪里阿尼："我敢断言，这位不走运的艺术家一定会名垂青史。"事实证明，她的确有眼光，看到了泥沙俱下之中金子耀眼的光芒。尽管她和莫迪里阿尼的恋情只维持了两年的短暂时光，便昙花一现，戛然而止，但她对莫迪里阿尼命运的作用是巨大的。正是她的鼓励，让莫迪里阿尼重拾信心；正是听从了她的建议，莫迪里阿尼不再痴迷雕塑，而转向油画，尤其是人像，特别是女人像的创作。这才有了以后的辉煌。

一个是珍妮（也有翻译为让娜的），她19岁时，疯狂爱上了33岁的莫迪里阿尼，不顾家里反对，要死要活地和莫迪里阿尼结了婚。在那穷困潦倒的波希米亚式的颠簸生活中，还不管不顾地为莫迪里阿尼生下一个女儿。可以说，为了莫迪里阿尼，珍妮心甘情愿地奉献出自己的一切。

莫迪里阿尼36岁病逝后的第二天，趁着哥哥（哥哥看她精神恍惚，一直守着她）清晨打盹的时候，珍妮毅然决然地从五楼跳下去自杀身亡，肚子里还怀着莫迪里阿尼的孩子。真的是"生命诚可贵，自由价更高，若为爱情故，两者皆可抛"。珍妮和莫迪里阿尼近似疯狂、富有传奇色彩的爱情，一百来年被传得神乎其神，荡气回肠，让如今生活安逸却爱情失真的年轻人，尤其叹为观止。

如果说珍妮给予了莫迪里阿尼最珍贵的爱情，让他相信了生命的价值与意义，有了活下去的依靠，那么，阿贝丽丝则给予了莫迪里阿尼与爱情同等重要的艺术，让他坚定了自己艺术的道路和方向，有了画下去的信心。有了珍妮和阿贝丽丝，虽然前者和他相伴只有三年时光，后者和他相伴只有两年时光，却让莫迪里阿尼拥有了人生这两样至高无上的瑰宝，这并不是每一个画家都能够有幸获得的。

莫迪里阿尼在世的时候，在巴黎只是一个不走运的倒霉蛋，画家的名衔并不值钱，他的画卖得并不好。卖得好的时候，平均一幅画，也只卖出100法郎而已。在世俗和势利的世界，却有这样的女人，倾心相投，倾身相许，犹如童话，胜似矫情的诗。

关于珍妮和阿贝丽丝的传说，如今已经被添油加醋得传烂。我常常想，女人天然和艺术靠得最近，也是艺术家灵感的刺激或源泉。尤其对于像莫迪里阿尼这样倒霉的艺术家，女人的鼓励和温存，成为他救命的最后一根稻草，成为他艺术生命中最为需要的支撑。但是，支撑莫迪里阿尼在艰难困苦中浪迹巴黎坚持下来，除了珍妮和阿贝丽丝，应该还有一个女人，被人们忽略了。

那便是莫迪里阿尼的母亲。

人们热衷的八卦，一般偏于情色，即使是感情，也会溶于并稀释于情色之中。真正富有情感的东西，尤其是来自亲人润物无声的情感，便容易被忽略。母亲，是最容易被忽略的。因为作为孩子，总会觉得来自母亲的情感，如同小孩吃奶一样，是天然的，应当应分的。就像空气，我们每时每刻都无法离开，但空气看不见摸不着，我们便不在意，常常忽略了它的存在。

莫迪里阿尼小时候，家庭破产，生活艰辛，全靠着母亲独力苦苦支撑。这位饱读诗书、会写作、能翻译的母亲，告诉小莫迪里阿尼，有钱并不代表富有，真正的富有是富有才华和能力，这是比金钱更为高贵的品质。是她的言传身教，教会了莫迪里阿尼面对贫穷的坚韧品性。屋漏偏逢连天雨，莫迪里阿尼从11岁开始就疾病缠身，都是母亲照料，帮助他度过病魔阴影笼罩的少年时光。其中的辛苦劳累，多是在莫迪里阿尼昏昏睡梦中默默进行的。

母亲的博学多才，影响了莫迪里阿尼从小对哲学和诗的兴趣和热爱。母亲身上的艺术气质，也潜移默化地影响了莫迪里阿尼对艺术尤其是绘画的兴趣和热爱。这是莫迪里阿尼人生与艺术的启蒙和底子，没有这样一位母亲，是无法帮助他开启艺术这扇启蒙的大门，打下人生厚实的底子的。

也是这位母亲，第一个发现了莫迪里阿尼的才华。13岁的莫迪里阿尼画了一幅自画像。这幅自画像，是现今保存的莫迪里阿尼最早的作品。在这幅自画像中，母亲看到了他扎实的素描功底，想起了前辈画家丢勒13岁时的作品，觉得可以和丢勒相媲美。她在日记里克制着兴奋的心情写道："我们必须等待，也许他会成为一名艺术家。"只有母亲，才会对自己的孩子，有这样的敏感、信心和发自心底的期待。

于是，母亲把莫迪里阿尼送到家乡最有名的画家的画室里学画，后来也是母亲送莫迪里阿尼到巴黎继续深造学画，自己省吃俭用，每月给莫迪里阿尼寄去生活费。对于一个破产的破落户家庭，这是一笔不小的开支，是母亲从牙缝里挤出来的。

莫迪里阿尼 22 岁离开家乡到巴黎，一直到去世，前后一共在巴黎生活了 14 年。在这 14 年中，他只回过意大利三回。一回是回意大利的卡拉拉，那是 28 岁的时候，他正在学习雕塑，去卡拉拉是为了找石料。他并没有顺便回家乡看看母亲。那时候，石头比母亲重要多了。

另外两回，他回到家乡，专门回到母亲的身旁。一回，是他 25 岁的时候；一回，是他 30 岁的时候。两回，都是他身体虚弱，病魔缠身的时候，他想起了母亲，倦鸟归巢一般，回到了母亲的身旁，得到片刻的休养生息。两次，都是短暂的几个月，他的身体恢复过来了，便又离开了母亲，重返巴黎。他已经熟悉并习惯了热闹喧嚣的巴黎，尽管那里的生活并不如意，但那里的气氛已经如风一般裹挟着他身不由己，并乐此不疲。对于孩子，尤其是对于一个钟情于浪漫艺术的孩子，母亲和艺术的天平两端，总会倾斜于艺术一端。怎么可以倦马恋栈？所谓诗和远方，才是莫迪里阿尼向往之处。

世上的母亲都是一样的，尽管有千般不舍，也会放手让孩子远行。"挥手自兹去，萧萧班马鸣"。门外萧萧鸣叫的离群的马，属于孩子的远方，牵惹的却是母亲永不消逝的目光。

家，是孩子人生中一个说走就走的驿站，是孩子疗伤的一个温暖的庇护所，是一个挥挥手可以不带走一片云彩的地方。

30 岁的莫迪里阿尼离开家乡，离开母亲之后，再也没有回来，再也没有见过母亲。

到美国多次，在好多美术馆里，我都见过莫迪里阿尼的真迹，并喜欢在他的画作前流连。他画的那些女人像，那些拉长了脖颈，歪着的脑袋，有眼无珠茫然无着的女人半身像；那些仰卧、斜卧或横躺着的，被削去了半个头、半条腿或半拉胳膊的裸体女人，是一眼就能够认得出来的。那些女人已经成为莫迪里阿尼风格的醒目名片。

有人说那些女人就是莫迪里阿尼自己内心的镜像，是孤独的象征。这应该是有道理的，对于漂泊巴黎整整十四年的意大利人莫迪里阿尼，孤独感是肯定存在的，漂泊无根，无所可依的那一份浓郁的乡愁，是弥散在他画里画外的。

我看到更多的则是他对形式的探索和创新。这些女人的肖像，再没有他早期丢勒的写实风格，这些女人的裸体，也不是古典主义的希腊之美，不是克里姆特雍容华贵的华丽之美，不是雷诺阿的光与色夸张的塑造，也不是席勒的那种充满狰狞的情欲的宣泄。他以自己独特的表现方式，和他们都拉开了距离，让我们可以欣赏到区别于古典、印象、现代主义几大流派所表现的另外一种美。这种美，在于冷静得面无表情的人物之外，给人更多更丰富的想象而超越那个时代之外，更在于这些作品中装饰风格的形式美。在 20 世纪之初各种艺术流派纷繁树立各自大旗的巴黎，莫迪里阿尼以自己特立独行风格的画作，树立了别人无法归属而属于自己的流派。

如果看过珍妮和阿赫玛托娃的照片，再来看莫迪里阿尼画的她们的画像，会觉得照片上的珍妮和阿赫玛托娃漂亮。但再重新看那些画像，又会觉得画比照片更简洁，更耐看，更富有性格，更让人充满想象。这便是莫迪里阿尼艺术的魅力。他一下子把文艺复兴时期拉斐尔那些须眉毕现逼真透顶的人物肖像，拉开了十万八千里的距离。像，像照片一样的像，再不是人物像画作的唯一标准。

我看到的还有，而且，是我认为更为重要的，莫迪里阿尼对自己曾经爱过的三个女人，即珍妮和阿贝丽丝，包括阿赫玛托娃，都留下了为之画过的肖像或裸体画。其中，画得最多的是珍妮，包括最出名的《穿黄色毛衣的珍妮》《戴宽边草帽的珍妮》等二十多幅。他人生画的最后一幅画，画的也是珍妮。

但是，没有像惠斯勒一样，能够有一幅是画他的母亲的画。

我不知道，在人生垂危之际，莫迪里阿尼会怎么想，会不会有一丝一毫想到了母亲，或者电光一闪，心里一痛，感到多少有些遗憾。

我是有些遗憾。

如果我是莫迪里阿尼，甚至会有些愧疚。

将莫迪里阿尼的照片对照他母亲的照片看，会发现，莫迪里阿尼的容貌和母亲十分相像，他不仅遗传了母亲的艺术，也遗传了母亲的美丽。

记住不幸的莫迪里阿尼这个名字，也应该记住这位伟大的母亲，她的名字叫欧仁尼·加尔森，伟大的哲学家斯宾诺莎的后裔。

2020 年 3 月 20 日春分写毕于北京

# 霍珀的 T 恤

在美国，擅长画风情的画家，一位霍珀（1882—1967），一位怀斯（1917—2009）。他们一个画都市，一个画乡村，人物风景各异，构建成了同一个时代的美国城乡两端。

和怀斯不一样，霍珀的画，无可避免地弥漫着美国经济大萧条的气氛。不管他有意还是无意，那些画都成为那个时代的一种形象化的注脚。怀斯的画，却没有这种时代的氛围，他远避城市，偏于乡间，更注重个人的情感和回忆。

怀斯晚年在自述中曾经提到，当时有人建议他，也能够和霍珀一样画中带有时代风情。很多人都希望艺术中有时代的影子，有主题的升华。怀斯对霍珀很尊重，也曾经学习过霍珀的画，但是，他说：我知道他们希望我和爱德华·霍珀一样，做个描绘美国情景的美国画家。但是，我感兴趣的只是希望创造属于我自己的小世界。

怀斯的坚持是对的，他做不到像霍珀那样。他们拥有各自不同的世界，所谓龙有龙道，蛇有蛇迹。

相比怀斯，我更喜欢霍珀。霍珀爱画都市里静态的风景，在有限而特定的空间里，囊括了一个人或几个人的瞬间定格。他有意避开喧嚣和跃动，避开热闹的大场面、大事件。

霍珀关注人和城市之间的关系。那种关系，疏离又紧密，隔膜又贴近，痛楚又无言，孤独又期冀，寂寥又迷茫，忧伤又苍凉。他爱画餐馆、酒吧、旅店、汽车旅馆、戏院、建筑、街道，甚至空荡荡的楼梯和阳光照进来的空无一人的门口。他画的这一切景物，仿佛昏昏沉睡着，整个世界在"停摆"，有一种"不知今夕何夕"的感觉。

霍珀绘画的人物，在作品中没有任何交流，也没有任何的表情，和他画的景物一样都是处于静态的，像舞台上人物最后亮相时的造型，定格在某一瞬间。那些人物之间，便有了布莱希特戏剧的"间离效果"。他们各怀心思，将一种寂寥而落寞的情绪弥漫开来，和人物周围的景物浑然一体，造成一种气氛，无声片一样，让人猜想。即使一时想不出来他们到底想的是什么，但那种情绪已经感染到了每一位受众，因为那里的人，很可能就是你我。

霍珀有这样的本事，他的写实功夫了得，将景物和人物都描绘得精致而真切。他曾经到过欧洲留学，欧洲那时流派纷呈，"抽象派""现代派"等并没有带给他什么影响，他不像有些画家那样唯新是举，被眼花缭乱的画风所冲击而迷失了自己的方寸。他始终以一种保守的姿态，坚持写实的风格，以不变应万变，面对正在动荡不安的世界。

比如那幅《周日的早晨》，空空荡荡的街道，和空空荡荡的店铺，门前坐着孤零零的一个人，可能是店铺里的店员。还需要再让他说些什么台词吗？

再如，画作《加油站》，依然是空无一人的道路，远方有葱郁的树林，浓雾一样笼罩的夜色，对比着灯光明亮的加油站那几个醒目的红色油箱。油箱旁，依然是孤零零的一个人，是加油站的工作人员。还需要再让他说些什么台词吗？

还有《自助餐厅》，大环境仍旧空荡荡的，只坐着一个女人。仔细看，她的前面有一杯咖啡，她的一只手握住杯把，另一只手的手套却没有脱掉。一种寂寞无着的心态已经泄露无余，还需要再让她也说一句什么台词吗？

无疑，这样的情绪表达，不属于霍珀个人，而属于一个时代。

看霍珀的画，让我想起汤姆·威兹沙哑苍凉的歌，想起卡佛寂寥简约的小说，尤其会想起菲利普·罗斯的长篇小说《美国牧歌》。不同的艺术形式同样描摹了美国经济大萧条时代，两代人所谓的"美国梦"一并失落，失落之后带来了深刻的精神迷茫。有评论家用粗俗的比喻，说罗斯的小说是插进美国屁眼儿里的体温计；霍珀没有那么尖利，他只是脱掉了美国梦上曾经华丽的披风。在这一点上，霍珀与罗斯异曲同工。

霍珀最好的作品，要数那幅《夜鹰》，是 1942 年的作品。十四年前，我有幸在芝加哥美术馆看到这幅画。那是我第一次看到这幅画，也是第一次听说霍珀这个名字。从此，我喜欢上了这位画家，曾经借阅过他的很多本画册，临摹过他的画和素描，买过他的《加油站》的复制品。在芝加哥美术馆，还买过一件印着《夜鹰》的 T 恤。这件 T 恤堪称芝加哥美术馆的招牌，买的人很多，大家称之为"霍珀的 T 恤"。

《夜鹰》中出现的二男一女食客和一位餐厅的侍者，彼此之间没有任何交流，他们谁都没有说一句话。空荡荡的餐厅，没有什么多余的装饰，环形餐台上也没有多余的食物，干净得让餐厅显得格外空旷，让人有一种身处茫茫大海却抓不到一件可以握在手中让心里多少感到一点儿安全的东西。餐厅外的街道，依然是空无一人，无边的夜色，从街道的深处和拐弯处，如水一样蔓延，压迫着这间餐厅和餐厅里寥落的人。人，在这样的空间里，显得格外渺小，寂寥，彼此距离虽近，相隔却远，有些紧张，像在演出一场"默剧"。这正是美国大萧条时代的形象写照。如今，特别是今年以来疫情在全世界暴发，全球经济惨淡萧条的时刻，看霍珀78年前的这幅画，近在眼前，仿佛某些精神又复活了。

今年夏天，我还在穿印着霍珀《夜鹰》的那件T恤。以往，每年夏天也会穿，但今年感觉不大一样。已经洗得有些褪色和缩水的T恤，穿在身上不大舒服。

2020年9月2日雨后北京

# 席勒、北野武和我

十三年前，2007 年的大年初一，在京沪高速公路，意外出了一次车祸。我在天坛医院住院，一直住到五一节过后才出院。

医生嘱咐我还需要卧床休息，不可下地走动。窗外已是桃红柳绿，春光四溢，终日躺在床上，实在烦闷无聊，我想起了画画，让家人买了一个画夹、水彩和几支笔，开始躺在床上画画。

在此一两年前，在写作《黑白记忆》和《蓝调城南》两书的时候，因为刚刚重返北大荒，旧地重游而感慨万端，也因为看到北京那些熟悉的老街巷即将被拆而再无踪影，便随手画了北大荒和北京街巷的一些速写，这是我最初画画的开始。一点儿基础没有，画得很差，连基本的透视都不懂，完全是情动于心，无知无畏。但是，当时，出版社都还是极其宽容地将这些画作为插图印在书中，做了反白处理，替我遮了一点儿丑。这给予我极大的鼓励，也激发了我画画的兴趣。

我喜欢画建筑，画街景，借了好多画册，照葫芦画瓢，学着画。最喜欢奥地利画家埃贡·席勒。那时，我对他一无所知，不知道他和赫赫有名的克里姆特齐名。我看到的是席勒的画册。那本画册，收集的都是席勒画的风景油画。在那些画作中，大多是站在山顶俯视山下绿树红花中的房子，错落有致，彩色的房顶，简洁而爽朗的线条，以及花色繁茂的树木，异常艳丽，装饰性极强。我也不知道他画的都是他母亲的家乡捷克山城克鲁姆洛夫。同时，我更不知道，我只看到了他的风格独特的风景画，没有看到他浓墨重彩的重头戏——人体画，更以出尘拔俗的风格为世人瞩目。

但席勒是我入门建筑和风景画的老师。2007年的春天和夏天，我趴在床上，在画夹上画画，画的好多都是学习席勒的画。花花绿绿的油彩涂抹在床单上，成为那一年养伤时色彩斑斓的记忆。那一年夏天，儿子从美国回北京探亲，看中我画的其中一幅模仿席勒的风景画，拿到美国，装上镜框，挂在家里。我知道，是为了安慰、鼓励我一下。

我从小喜欢绘画，尽管从小学到中学美术课最好的成绩不过是良，但这没有妨碍我对于美术的热爱。那时候，家里的墙上挂着一幅陆润庠的字，和一幅郎世宁画的狗。我对字不感兴趣，觉得画有意思，那是一幅工笔画，装裱成立轴，有些旧损，画面已经起皱了，颜色也已经发暗。我不懂画的好坏，只是觉得画上的狗和真狗比起来，又像，又有点儿不像。说不像吧，它确实和真狗的样子一样；说像吧，它要比我见过的真狗毛茸茸的要好看许多。这是我对画最初的认知。

读小学四年级的那个暑假，我去内蒙古看望在那里工作的姐姐，看到她家里有一本美术日记（那是她被评为劳动模范的奖品），里面有很多幅插页，印的都是共和国成立以来一批有名的美术家新画的作品，有油画，有国画，还有版画……我第一次认识了那么多有名的画家，第一次见到了那么多漂亮的美术作品。尽管都是印刷品，却让我特别喜欢，感到美不胜收，仿佛打开了眼界，乘坐上一艘新的航船，来到了一片风光旖旎的崭新的水域。回北京之前，姐姐看我喜欢这本美术日记，把它送给了我。

其中吴凡的木刻《蒲公英》，印象至深：一个孩子跪在地上，一只手举着一朵蒲公英，噘着小嘴，对着蒲公英在吹，是那么可爱，充满对即将吹飞走的蒲公英好奇又喜悦的心情，让我感动。六十多年过去了，去年年底，在美术馆看展览，第一次看到这幅《蒲公英》的原作，站在它面前，隐隐有些激动，仿佛看到自己的童年。

尽管画得从不入流，但就像喜欢音乐却从不入门一样，并不影响我画画入迷。如今，无论有机会到世界哪个地方，到那里的美术馆参观，是首选，是我的必修课。我觉得画画是那么好玩，会画画的人是那么幸福快乐，让人羡慕！比起抽象的文字，绘画更直观，更真切；展现出的世界，更活色生香，更手到擒来。即使不懂文字的人，也能一下子看懂绘画。这一点，和音乐一样，都是人类无须翻译就能听懂的语言。

因此，不管他人的眼光如何，不管自己画得好坏，现在，我几乎每天都会画画，画画成为我打发和对抗日复一日沉闷无聊和孤独光阴的一剂良药。画画，成了我的一种日记。特别是今年宅家的日子里，画画更成为一种必须。在网上买了一些速写本，很便宜，一买一摞，又买了水彩和水溶性的彩铅，准备长期抗疫。何以解忧，唯有画画。

其中2月18日，我画了席勒，是用水溶性彩铅临摹了席勒的油画《家》。这是席勒生前画的最后一幅画。一百年前的1918年西班牙大流感中，席勒一家三口不幸染病，先后死亡。席勒在临终前几天，完成了这幅《家》。没有比家的平安更让人牵心揪肺的了。4月8日，武汉解封的那一天，我又画了席勒，是用钢笔和水彩临摹席勒画的一幅人体油画：一个孩子扑进妈妈的怀抱。现在，我自己都很奇怪，在今年这场世界性的灾难中，为什么席勒总会出现在我的画本上面？我忍不住想起了十三年前，躺在病床上，第一次看席勒的画册，第一次模仿席勒的情景。冥冥之中，绘画有着一些神秘莫测的东西。

有时候，我愿意外出到公园或街头画画速写。画速写，最富有快感，特别面对的是转瞬即逝的人，最练眼神和笔头的速度。常常是我没有画完，人却变换了动作，或者索性走了，让我措手不及，画便常成为半成品。也常会有人凑过来看我画画，开始脸皮薄，怕人看，现在我已经练就得脸皮很厚，旁若无人，任由褒贬，绝不那么拘谨，而是随心所欲，信马由缰，画得不好，一撕一扔，都可以肆无忌惮。乐趣便也由此而生，所谓游野泳，或荒原驰马，云淡风轻，别有一番畅快的心致。

前些日子，偶然看到日本导演北野武的一篇文章，他写了这样一段话："我从小就喜欢画画，但真正认真起来画画，是1994年那场车祸之后。那时，我都快50岁了，因为车祸，在床上躺了一个多月，半边脸瘫掉，实在太无聊啦，就开始画画，只是为了好玩……但说实在的，我的水平还不如小学生，全凭感觉随便画画，完全谈不上技术……其实，人怎么活得不无聊，这个问题的关键还是在于自己，不要为了别人的眼光而活。如果自己觉得人生过得有意思，那即便是身无分文，只要有地方住，有饭吃，能做自己喜欢的事情活下去，这样也就足够了。"

我惊讶于北野武的经历和想法，竟然和我一样。同样的车祸，同样由此喜欢上了画画，同样觉得画画好玩和有意思。虽说是大千世界，茫茫人海，更芸芸众生，其实，很多的活法、想法和做法，是大同小异的。

2020 年 9 月 7 日白露写于北京

# 辑六　梅岭之恋

# 来今雨轩

中山公园里，我一直觉得最美的风景在来今雨轩。那里，门外有宽敞的亭台，上面罩着一个大大的铁罩棚（这是洋玩意儿，在一百多年前是独一无二的，只有大栅栏里的瑞蚨祥学它，也罩了同样的铁罩棚），四围有雕栏玉砌，栏外是一片牡丹花畦和芍药花坛，再前面有青竹翠柏。春天，花香鸟鸣，分外惬意；冬天，白雪覆盖，格外幽静；夏天，这里有藤萝架，一片阴凉，是来这里最好的时节。坐在亭台上，往西看，有蜿蜒的长廊萦绕，让你的视线绵延远去；往东看，正好可以看到故宫端门一角，夕阳西照时分，绿树烘托中的端门那一角，一派金碧辉煌，是来今雨轩最美的景致了。来今雨轩，选在这里，借景的功夫了得！

中山公园的建立，要感谢朱启钤。他当时任内务部总长兼北京市政督办，有这份权力，当然，还得有这样的眼光和公心，1914 年，仅仅在一个多月的时间里，这个已经破败的皇家园林，就初步改建成人民的公园。当时，他要每个部委出一千银元资助修建公园，他自己一人就出资一千银元。这是北京城的第一座公园，如果没有他，不知道要晚多少年，北京才能建成一座公园。

来今雨轩的建立，也要感谢朱启钤，他懂建筑，中国营造学社就是他创建的。"来今雨轩"这个名字，也是他取的。正是在他的努力下，一年之后的 1915 年，在中山公园里，有了来今雨轩这样一处漂亮的新风景。正因为风景漂亮，又可以在此品春茗、喝咖啡，还有中西美食相佐，到这里来的人很多。不少名人，尤其是文人，比如柳亚子、鲁迅、陈寅恪、沈从文、叶圣陶、张恨水、林徽因等人，还有秦仲文、周怀民、王雪涛等一列画家，都愿意到这里来。可以说，京城今昔，再没有一个能吸引如此众多文化人的雅集之地了。前几年，画家孙建平画过一幅《那些年在来今雨轩的文人聚会》的油画，这是我看到的唯一再现当年盛景的画作，难得的是，画得现代感胜过怀旧感。

据说，五四时期，李大钊发起成立的少年中国学会，还有中国画学研究会和鼎鼎有名的文学研究会，相继在这里成立。胡适当年宴请杜威，选择来这里；张恨水有名的京味小说《啼笑因缘》，也是坐在这里写成的。自古美景都需要名人的频频登临，就如同美人配英雄，名马配雕鞍，葡萄美酒夜光杯一样，两相映衬。

曾经有大约一年多的光景，我工作的办公室设在中山公园，在五色土西南侧的一座古色古香的大殿里，离来今雨轩很近，午饭时分，常到那里吃包子。来今雨轩的冬菜包子，在北京十分出名，可以和天津的狗不理包子相媲美，从民国到新中国成立以后的很长一段时间里，包子馅里也包着来今雨轩建立以来悠久而绵长的历史。冬菜包子几乎成了来今雨轩的代名词。

不过，我并没有觉得那冬菜包子如何与众不同，只是包子的馅是用冬菜和肉末做成，与北京常见的猪肉大葱馅的包子味道不大一样罢了，而面皮加了一些白糖，吃起来甜丝丝的。常到那里吃冬菜包子，主要是便宜，也方便。那时候，来今雨轩已经变为茶座和小卖部，不再卖炒菜和西点，中午只卖冬菜包子。有朋友来找我，中午到了饭点儿，我都是带他们到这里来吃冬菜包子，物美价廉，还可以坐在亭台上看看风景。因有了历史、风景以及记忆多重元素的加入，冬菜包子吃起来，便不只是肉末和冬菜两种味道了。特别是想起"文革"期间，来今雨轩前面的花坛里改种棉花和大蒜的奇景，会格外感慨世事茫茫难预料。再想想那时候，伴随来今雨轩半个来世纪的"来今雨轩"老匾额，居然被卸下来当成厨房的面板，就更会令我们拍案惊奇，觉得来今雨轩像个神奇的魔方。这算是来今雨轩历史中的一段变奏曲吧。

我第一次到来今雨轩，是上小学一年级的时候。那一年开春，到内蒙古工作的姐姐结婚，和姐夫一起来到北京，带我和弟弟逛中山公园。中午的时候，就是在来今雨轩吃的冬菜包子。姐夫爱照相，带来一架海鸥牌的立式照相机，他端着照相机给我和弟弟、姐姐照了好多相片。那时候，照相机还是稀罕物，我看着好奇，姐夫就把照相机递给我，让我给他和姐姐也拍一张。我拿着照相机，很紧张，怕拍不好，更怕拿不稳，把照相机摔在地上。姐夫对我说："没关系的，你按动快门的时候，憋着一口气，别动就行了。"过去六十多年了，这句话我还记得那么清楚。

那时候，家在前门，离中山公园不远，后来便常和大院的孩子一起到这里玩。公园有一个室内游乐场，里面有旋转木马，五分钱玩一次，每一次来，我们都要玩一次，玩完之后，到假山上疯跑。玩到中午，到来今雨轩买俩包子一吃，接着疯玩，仿佛中山公园是我们的后花园，来今雨轩是我们的食堂。

长大一点儿，看书上介绍，知道"来今雨轩"这名字出自杜甫说的"旧雨来今雨不来"。人们觉得这句话说着别扭，便自作主张改成"旧雨不来今雨来"，说着顺嘴，一直说到今天。反正都是说旧雨新知，这里应该是新老朋友和亲人故旧相聚的好地方。真的，北京那么大，这样名副其实的地方却不多见。很多朋友从外地来北京，我都愿意带他们到这里来看看。姐姐和姐夫每一次来北京，也都会带我到这里来玩，顺便在来今雨轩吃两个冬菜包子，坐在亭台上看看四周的风景。

那时候，来今雨轩门外廊檐上的抱柱联是"莫放春秋佳日过，最难风雨故人来"，觉得比以前的老联"七度卢仝碗，三篇陆羽茶"要好。来今雨轩的老匾额还在，那是民国时期当过大总统的徐世昌题写的。我开始不大明白，不过是文人聚会地，大总统怎么会对此青睐有加？后来明白了，当时中国画学研究会在此成立，每月要在这里聚会两次，每月出一期会刊，还要不定期地在这里举办画展。这些经费都是由徐世昌资助。文化人也会借水行船，懂得攀附权势和资本。那时候，投桃报李，每次聚会，每位画家要在来今雨轩画一幅扇面送给徐世昌，徐世昌为每人写一副楹联作为回赠。徐世昌为来今雨轩题写匾额，便是再水到渠成不过的事情了。

世事沧桑中，小小的来今雨轩，意味不同寻常起来；和来今雨轩历史一样漫长的冬菜包子，滋味也不同寻常起来。

2007年的春天，姐夫来北京。姐夫已经八十来岁了，退休之后，很多年没有来北京，这一次是在他孩子的陪护下来北京看病。他的病已经不轻，要不，他那么强悍的一个人，是不会让孩子特意请假送他来北京的。可惜，那时，我车祸摔断了腰椎骨，正躺在病床上起不来，无法去医院看望，心里很内疚。和姐夫通电话，他还在关心我的腰，连说他自己的病没有什么大事。他说这一次也没法子来看我了，过两天安顿好了，让孩子来看看我。

几天过后，姐夫的孩子来看我，带给我一包东西，打开一看，是包子。孩子让我尝尝，是不是原来的味儿。我吃了一个，原来是冬菜包子。孩子告诉我，他爸爸一定要他到中山公园的来今雨轩，买点儿那儿的冬菜包子。我知道，如今来今雨轩旧址还在，却不再卖包子了，来今雨轩新址迁到了中山公园的西边，专门经营红楼菜品，冬菜包子已经沦为附属品，点缀而已。孩子人生地不熟，到中山公园能买到冬菜包子，不大容易呢。我赶紧给姐夫挂电话，谢谢他让孩子特意去来今雨轩买包子。话筒里传来他爽朗的话声："谢我什么呀，我也想吃那里的冬菜包子了!"

一年以后，姐夫去世。

我再也没有去过来今雨轩。

2020 年 9 月 20 日于北京

# 秋雨双塔

到涿州寻双塔，秋雨绵绵。它们在涿州博物馆的后面，从博物馆看去，一眼就能先看到南塔。但路不大好走，前面被密麻麻的民居平房所遮掩。问路，一口北京口音的当地人告诉我，往东走一点儿，穿过一条小胡同就能找到了。

这条小胡同叫王字街，很窄，两旁的房子蒜瓣一样紧紧相挨。再往前走，叫塔寺南街，路仍很窄，但两旁有不少豪门大院；尽管是豪门大院，从房屋形状看，像村里人家，乡土味很浓，或者说，隐隐有些暴发户的感觉。铁艺大门紧锁，大红门联高挂，塔尖已经在房顶上不动声色地露出头了。秋雨中，浅灰色的塔，显得更加苍老。这样的古塔，应该出现在红墙碧瓦的寺庙顶尖，或者闪现在苍松翠柏中间，才相适配。如今的古塔，像是沦落风尘之中，曾经闪烁的道袍袈裟，经幡蒲团，都已经黯然失色，甚至不知所终。细雨中斜飞的小鸟，真的是"旧时王谢堂前燕，飞入寻常百姓家"了。

走近古塔，一圈灰色围墙阻挡，一扇对开的铁门锁着，只能从门缝中往里窥看，看不大清。绕着围墙，转到西南角，围墙对面有一户人家，院子往里凹进去一角，站在那里，看得清楚一些：高大的古塔的五级塔身，像一个顶天立地的巨人，将细细秋雨尽情从头顶挥洒下来，宛如天雨霏霏，逆光中，那样清亮。围墙里面有树木葱茏，高高的枝头快要抚摸到塔顶，绿叶婆娑，摇曳在塔身四围，像是为古塔穿上的绿衣，权且替代袈裟。古塔便也借树还魂，做着往昔的旧梦。

围墙上有一架南瓜叶盘绕，绿黄相间，曲线流溢，直垂到地上，委顿在雨水和泥水交织的土路上，有些泥泞不堪，把古塔的旧梦彻底打碎，将遥远的历史拉回到今日的空间。

此为南塔。还有北塔。涿州双塔呈南北直线，相距不过三百米。但如今到南塔去，得穿街走巷，绕好几道弯儿。不过，北塔时不时在路的一侧偶尔露峥嵘的灵光一闪，挑逗似的，很是顽皮，颇似"月亮走我也走"的夜间恍惚迷离景色，让你的心里充满期待。更何况沿路有柿子树和山楂树从两旁的院落里探出头来，红红的山楂和金黄的磨盘柿子垂挂在枝叶间，有不安分的果子噼啪啪落在地上，给一路增添了几分野趣。这在如今许多已经园林化的塔寺景区中难得一见。

这一路都叫塔寺北街，一直走到一条绒线胡同，往西一拐，眼前忽然开阔了许多，南塔豁然在目。虽也有围墙，但塔身须眉毕现——全赖于塔前一片种着各种菜蔬的菜地，让北塔一目了然。按理说这里在涿州古城之内，但菜园让古塔有了田园味道，这像是城市里的乡村。

涿州双塔均为辽代所建，北塔名叫云居寺塔，南塔名叫智度寺塔，从塔名看，双塔都是依寺而建。如今，寺庙早已不存，双塔显得有些孤单。再好的夜光杯，葡萄美酒已经随日月流失殆尽，便也难现当年风采。

蒙蒙细雨中，我站在菜园边上画此北塔的速写，淅淅沥沥的雨点儿不时打在我的画纸上，留下斑斑点点的痕迹，像是古塔有情呼应而走近我的足迹。古塔上有风铃，不时有铃声从萧瑟秋风中传来，便觉得古塔真是有了生命一样；清亮的风铃声，有一种穿越的感觉，像是从辽代传至今天的说话声音的回放。

我抬头眺望这座砖式八角飞檐古塔的时候，心里暗想，北塔建立于 1092 年，南塔建立于 1031 年，距今都有近一千年的时间了。在这一千年来的风云变幻中，多少建筑坍塌，多少朝代更迭，多少帝王将相灰飞烟灭，又曾经历过多少战火、地震等天灾人祸？双塔虽遭受过损坏，居然还能顽强存在至今，算得上是人间奇迹了。都说建筑是凝固的音乐，其实更是凝固的历史，有了双塔这样时间物证的存在，涿州才有了历史悠久的底气，如今历史博物馆墙上篆字书写的"燕风涿韵"，才得到了验证而非风韵的虚传。

只是，如今的双塔淹没在一片错杂拥挤的民房之中，真的太委屈了点儿。一千年之前的历史物证，不要说在涿州，就是在全国乃至全世界又有多少呢？看围墙内的双塔在维修，以后肯定会对公众开放。不过，在这样一片民居包围之中，它们生存的空间实在太小，不知道以后会变成什么样子。一千年的时间！沧海桑田，双塔还在，它们的面前已经繁衍成了这般模样。

萧瑟秋雨中，收拾起画笔画本，临走时，禁不住又看了一眼古塔，秋风中，塔顶檐角的风铃还在依依响着。想起龚自珍的一句诗：人生宛有去来今，卧听檐花落秋半。

古塔更有去来今。

2019 年 10 月 14 日涿州归来

# 梅岭之恋

想念梅岭已久。最早的想念，始于五十多年前的中学时代，当我读了陈毅的《梅岭三章》后，梅岭，便幻化成我青春时期一个向往的意象。梅岭古道，特别是关楼那块巨石上雕刻的"梅岭"两个红色大字，如一面旌旗，时常浮现在我眼前，随风猎猎飘动。

美好而壮丽的风景，总是在远方；尚未得见的远方风景，会让青春的心如同一面鼓胀的风帆，充满想象。更何况还有《梅岭三章》这样的诗，还有陈毅这样的英雄。

四年前的秋天，我与梅岭擦肩而过。那天黄昏，从它的山脚处穿隧道到江西，过隧道前，我特意趴在车窗前眺望梅岭：苍绿色的山峰突然密布阴云，狂风袭来，雷雨大作，斜飞的雨点打在车窗上，仿佛是梅岭特地派来的使者，怪罪我没有去拜访它。奇怪的是车子穿过隧道后，另一端却阳光灿烂，回望梅岭，仿佛什么都没有发生；梅岭阅尽春秋，淡然自若，我不禁想起那句清诗：八面风来山镇定。

这是梅岭留给我的初印象。在我看来，梅岭是一部大书，而非一首小诗；梅岭是一幅油画，而非一帧水粉。

今年初冬，在几位广州朋友的陪伴下，我从广州出发，一路北行，过南雄，终于登上了梅岭。想起四年前在山脚处和它擦肩而过的情景，觉得有些神示般的感应，虽然没有那样疾来的雷雨，却依旧阴云四合，岭南草木的绿色因此更显深沉浓郁，不似烟雨中的江南草木那般水嫩轻浮。我在心里对自己说，登梅岭不像登别的山，你不是来看风景的，而是来感受历史、参拜英雄的。

出现在眼前的古道，让我一步跌入前朝——梅岭的海拔不高，地势却十分险峻，古道能建成格外不易。那种用鹅卵石铺就的斑驳古道虽然经过整修，却依然存有古风；千年风雨侵蚀留下的悠久岁月的皱褶，是历史这部大书镌刻下的痕迹。哪怕梅岭只有这一条古道，也是值得来看一看的。

在古道上，我遇到了一对中年夫妇，妻子的腿有些残疾，丈夫搀着她，踩着湿滑的古道艰难攀登。此情此景，让我对他们心生敬意。他们面前这条逶迤的古道，仿佛可以通到天上，也可以通向历史的深处，这条古道就像一条巨蟒，千年不老，它吐出了火焰般的信子——梅岭关楼，那是梅岭的华彩乐章。

慢慢爬，不要急着看关楼。我忽然觉得自己有点儿像晚年的柏辽兹，千里迢迢赶去见年轻时的恋人，虽然明知她已经苍老，依然按捺不住急迫的心情，却也不由得放慢了脚步——

我坐在古道旁的山石上画速写，古道两旁遍植各种梅树，只是季节未到，除了少数急性子的梅花绽开稀疏的花苞之外，并无梅花如海的盛景。我一边画，一边止不住地想，对一般人来说，梅岭有名就是因为自古以来漫山梅花的盛放，而历史中提及梅岭之名源自战国时期南迁的越人首领梅绢的姓氏，大部分人是不会在意的。或许这里面有中原文化和南粤文化相融合之要义，但人们更在乎梅花盛开之美意。历史与美学合一，才是梅岭文化的精髓所在吧。

一路攀登，一路想，一路画，画画比拍照更入味、走心。我忽然觉得只有去画梅岭，才能和它有不间断的交流。这真的是一种奇怪的心理体验，是在登别处名山时未曾有过的感觉。

我一直认为梅岭的魅力不在于风景，而在于梅岭的英雄。梅岭的英雄，最早的一位要数唐代的张九龄，如果不是他向唐玄宗谏言开凿梅岭古道，我们便不会有这样的机会与历史邂逅。唐开元四年（716），距今已一千三百多年，以那时的条件，开凿这样一条险峻的山道，可以想象有多么艰难。

说英雄，还要提到张九龄的夫人。在开凿梅岭山道时，张九龄遇到了前所未有的困难，今天刚刚开通的山道，到第二天山石竟重新闭合。据传是山妖作祟，只有孕妇的血液才能镇妖解难。不要责怪一千多年前人们迷信，在幽深莫测的大自然面前，怀有身孕的张夫人舍生取义，剖腹自尽，血染山崖，帮助丈夫打通山道。巾帼不让须眉，不是英雄是什么？

难怪后人会在梅岭古道旁修建张文献祠和夫人庙，以此来纪念张九龄夫妇，清雍乾时期的诗人杭世骏还写下诗句："荒祠一拜张丞相，疏凿真能迈禹功。"只可惜张文献祠早已不存，夫人庙正在修缮，我路过时，那里围起了黄色缎带围栏。张夫人让我想起了苏东坡在惠州时的夫人王朝云，但她比王朝云还要壮怀激烈。

苏东坡也算是梅岭的英雄。当年他一路被贬，就是经梅岭到惠州的。后来他又被贬到海南，十几年后好不容易等到大赦，才过梅岭回中原。尽管来时他知道"问翁大庾岭头住，曾见南迁几人回"，却依然为梅岭留下明艳照人的诗句："不趁青梅尝煮酒，要看红雨煮黄梅。"苏东坡是一位悲剧式的英雄。

对我而言，梅岭英雄的代表，抑或说梅岭英雄的代言人，是陈毅，他为梅岭留下的《梅岭三章》，可以说是前无古人、后无来者的绝唱。陈毅的《梅岭三章》写得确实好，尤其是第二首："南国烽烟正十年，此头须向国门悬。后死诸君多努力，捷报飞来当纸钱。"那时我读得热血沸腾，觉得只有这样的诗才配得上这样的山，只有这样的山才配得上这样的诗。

走到半山腰，我看到一块巨石上刻着《梅岭三章》，用的是陈毅的手书，心里很激动，仿佛一下子看到了当年的陈毅。那时陈毅在梅岭打游击，被国民党四十六师围困二十余天，写下了这三首绝命诗，表明自己献身革命的决心。

面对这巨大的诗碑，我站立良久，仿佛看到年轻时的自己。惭愧的是如今的我已两鬓斑白，旧日的热血情怀与昂扬诗情还剩下多少呢？不仅是我自己，后死诸君，是否还在一往无前地那样"多努力"？我想起了放翁的诗句："气节陵夷谁独立，文章衰坏正横流。"顿时心羞面涩。

我终于爬到了山顶，梅岭关楼就在眼前，那么熟悉，又那么陌生；那么亲切，又那么肃然。仿佛真的见到了年轻时的恋人，她是梦中那样年轻吗？还是现实中这般苍老？流年早已偷换，彼此是否都有了意想不到的变化？

梅岭界分广东和江西，当年就是因为它，南北交通得以连接，"沉沉一线穿南北"。这里不仅有历史和地理上的意义，还有文化的意义和我们怀古时的情义。

关楼南面的门额上有"岭南第一关"，两旁有对联："梅止行人渴，关防暴客来"；关楼北面门额上的"南粤雄关"，特别是巨石上雕刻的"梅岭"两个红色大字，光彩照人。这一切，我中学时代在画片上都见过，如今真的呈现在眼前时，一下子像活了一样，有了血脉流畅，有了气韵贯通。

是的，这就是我年轻时恋人的模样。有了这千年不变的关楼，有了这几百年不变的"梅岭"（石碑是清康熙年间南雄知州张凤翔所立），便让这千年古道得以复活，让我的青春记忆得以复活，历史和今天连接在一起，有了对话和交流。

关楼是用一块块巨大的岩石垒成的，漫长时光的剥蚀和打磨，使之呈现出沉稳的苍黑色；岁月的包浆无语而沧桑，成为记载历史的无字书。关楼下的石头早已被磨平，光滑如镜，有的石缝里还长出青苔，湿润而清新。抬头仰望，天色阴沉，山色蓊郁，幽深莫测。往下望去，古道沉默，静若处子，又好像随时可以动如脱兔，腾空跃起。

遗憾的是，古道两旁的梅花没有盛开，但是转念一想，开有开的好处，没开有没开的好处——没开，不仅可以让我留有一丝想象的空间，没有漫山梅花盛开的鲜艳色彩，还多了一点历史积淀下来的底色。也正因此，沉郁的山色能和苍黑色的关楼融为一体，连"梅岭"那两个红色大字，也愈发显得夺目……

2019 年 12 月 4 日梅岭归来

# 莫斯科郊外的夜晚

1986 年夏天，我第一次出国，去莫斯科采访友好运动会，很有些兴奋。中学时，受俄罗斯文学影响，契诃夫、托尔斯泰、屠格涅夫、普希金……一个个亲切得犹如隔壁的邻居；"文革"时，还曾写过"要把克里姆林宫的红星重新点亮"的可笑诗句；对莫斯科交织着青春时节的想象与向往。

那一次采访，最大的收获是结识了尼克莱。

记得到达莫斯科后入住的是红场边的俄罗斯饭店，是当时莫斯科最好的饭店。这里是参加比赛的各国运动员和教练员的驻地，记者本应住在另外的地方，不知怎么阴差阳错，我住在了这里。只是办理入住手续麻烦了些，费了好多周折，等我终于拿到入住证件，行李不见了。走进大厅去找，看见一位俄罗斯人手里拿着我的行李，正微笑着等我。

他就是尼克莱，唇上留着醒目的小胡子，会说汉语，交流起来没有障碍。我们很快熟了起来。他年龄和我一般大，黑海人，列宁格勒大学（现在的圣彼得堡大学）毕业，学的就是汉语专业，毕业后先在电台工作，后调到杂志社。这次他是到友好运动会帮忙，不是完全的志愿者，有点儿报酬，每天 7 个卢布。他对我说，来这里帮忙，可以接触到中国运动员，锻炼自己的汉语，还能够顺便写些关于运动会的通讯稿，每篇有四五十卢布的稿费进账，也算是一举两得。那时，他每月的工资是 250 卢布，人民币 4 元钱换 1 个卢布。

他负责接待各国运动员，没想到会遇见一个中国记者，算是他的半个同行。我们可以说是一见如故。我可以帮他学汉语，还可以介绍他想了解的中国情况。他便投桃报李，采访之余陪我乘船游览莫斯科河、参谒普希金广场、参观博物馆，带我逛遍莫斯科。

人和人的交往，会产生很奇特的感应。萍水相逢，有时候却比耳鬓厮磨常在一起的人印象更深、友情更深，心和心离得更近。在关键时刻，派上意想不到的作用，点石成金。

在这次莫斯科友好运动会上，最引人注目的是苏联运动员布勃卡以 6.01 米的高度，打破了一年前在巴黎田径大赛上他自己创造的 6 米的男子撑竿跳世界纪录。布勃卡成为世界上第一个跳过 6 米大关的人，当时被称为"飞人"。我当然想采访布勃卡，但他已成为炙手可热的人物，来自世界各地的记者都想采访到他，我连找到他的办法都没有，采访他谈何容易？是尼克莱帮助了我。第二天一早，尼克莱来找我，告诉我联系到布勃卡了，他同意接受采访，时间就定在当天上午，他晚上就要回他在多涅茨克的家了。

我知道，多涅茨克位于乌克兰，距莫斯科 800 公里，如果这次错过，再找他就难了。上午，按照约定的时间和地点，我来到俄罗斯饭店大厅，靠窗的一角，轻纱窗幔垂落，枝形吊灯悬挂，上午灿烂的阳光投射进来，显得格外温煦。尼克莱真会找地方。

没过一会儿，布勃卡来了，瘦削的脸庞与肌肉发达的肩膀形成明显对比，温和的目光和有力的手指也呈现出鲜明的反差。那一刻，他很平易近人，甚至有些拘谨，和在莫斯科街头或地铁上常遇到的普通工人几乎没什么两样，只是年轻的脸庞显得比在田径场上更英俊。那时，他还不满22岁，正是最美好的青春芳华。

尼克莱为我们彼此做了简单的介绍。落座后，采访便开始了。没想到，未等我开口询问，布勃卡先开口说话了，尼克莱为我翻译道：他说，今天是他儿子1岁的生日，昨天的纪录是庆祝儿子生日的。

昨晚新的世界纪录，今天儿子1岁的生日！这样的开场，真的令人意外，先声夺人，让我兴奋。采访比我想象的要顺利，这要感谢布勃卡的坦率，在比赛场上对抗性激烈的刚性比赛之外，他主动引入家庭这样柔性的话题，正是我所关注和期待的。我希望体育报道中不尽是训练、比赛、金牌之类常见的元素，而是能透过训练场和比赛场之外的他们的家庭，如水漫延进他们更为丰富和宽阔的人生。运动员也是人，他们一样有着跌宕复杂而多姿多彩的情感和人生。这些更是读者关心并喜欢看的。我的这篇采访记就是以布勃卡儿子的生日为题：《带给儿子的生日礼物》。

最难忘的是，在我离开莫斯科前两天的晚上，尼克莱来俄罗斯饭店找到我，邀请我到他家做客。他对我说：让你看看我们苏联人是怎么生活的。我很有些意外，也很感动。异国他乡，萍水相逢，如果有人请你到他家做客，不仅代表着他对你的友情，也是对你的信任。他把他家的大门敞开，也把他自己心的大门向你敞开了。

尼克莱带着我坐地铁穿城20公里，出地铁站，走了大约5分钟，来到他家的楼下。那是莫斯科郊外的一片高层公寓楼，他住的是一套三居室，居住面积45平方米。他和妻子是大学同学，有一对儿女，可谓家庭美满。可惜他的妻子带着女儿去避暑休假了，家里只剩下他的小儿子别佳。

别佳有七八岁的样子，我带去一件《白蛇传》里白蛇与青蛇的景德镇瓷雕和一些零食，送给别佳。没想到，没过一会儿，他就从他的房间里跑出来，对着尼克莱的耳朵悄悄耳语。我问尼克莱：他说什么呢，这么神秘？尼克莱笑道：他说你带来的果丹皮很好吃，他要留一半等姐姐度假回来吃。我对别佳说：你都吃了吧，我会让人再给你带来的。

临别时，别佳送我一件他自己用硬卡纸和亚麻做的牛头手工，还送我一幅他画的画，画着海边的一座小房子。尼克莱指着画对我说：这画讲的是俄罗斯一个古老的故事，叫作"面包的故事"。说以前有一个老头、一个老婆婆，他们没有孩子。有一天，他们做完面包就出去了，等他们回家一看，面包没有了，变成了一个小孩子，跑到海边跳起舞来。从此，他们有了儿子。

这真是一个美好的故事。这真是一个美好的夜晚。

前两天，偶然间听到老牌歌手张蔷唱的一曲歌，名字叫作《手扶拖拉机斯基》。三十多年前，张蔷刚出道时，我喜欢听她的歌，没有想到三十多年后她还在唱，唱的是颇具谐谑风的歌词，曲风还是迪斯科的老旋律。

记得零星的几句词：莫斯科郊外的夜晚，听不到那崇高的誓言……加加林的火箭还在太空，托尔斯泰的安娜·卡特琳娜，卡宾斯基，柴可夫斯基，火车司机出租司机拖拉机司机……曾经英俊的少年，他的年华已不再……

不知怎么搞的，我突然想起尼克莱和小别佳。

那个夏天的夜晚，和小别佳告辞后，尼克莱怕我不认识路，又陪我走出他家，走在郊外寂静的街上，走到地铁站去坐地铁，一直送我回到俄罗斯饭店。

岁月如流，人生如梦，一晃 34 年过去了，尼克莱和我一样已经年过七旬，小别佳也四十岁以上了。

加加林的火箭还在太空，曾经英俊的少年，他的年华已不再……这歌唱的！从托尔斯泰、柴可夫斯基一直唱到尼克莱和别佳，还有我自己！

2020 年 6 月 18 日雨中于北京

# 你是否用排水管充作长笛

三十多年前，我刚满四十，儿子读小学，迷上了集邮，拔出萝卜带出泥，连带着我跟着他一起玩。两代人之间的爱好，是相互感染，然后作用于亲情里面的。小时候，我像儿子一样也喜欢集邮，只是没有坚持下去，上了中学，乱花迷眼，移情别恋，新的爱好，便理所当然取代了它。这样说，是说得好听些，说穿了，就是半途而废。因此，一个人能够把一项爱好坚持一辈子，是不容易的；而人的一生中，半途而废的事情总是多于坚持到底的。

三十多年前的一个五月，我从德国途径莫斯科，在莫斯科住了两天。无事可做，便是逛街，加里宁大街，普希金大街，阿尔巴特大街……如没有笼头的野马，到处散逛。那时的莫斯科经济不景气，商店里货物凋零，除了镶嵌着红宝石的 18K 金的戒指，好看又便宜，真没有什么可买的。逛到一条不知叫什么名字的小街，赶上中午吃饭，不过是一份红菜汤和几片黑面包，还要排长队。好不容易排到我，取了这样一份简单的快餐，要自己找地方吃。旁边有一个商亭，是一个报刊亭，售货的窗口前，有一个木板做的窗沿，我把塑料餐盘放在上面，一边吃，一边看风景。

五月的莫斯科，下着雨，雨不大，却淅淅沥沥下个不停，地上积水横流，天上阴沉沉的，没有红场的壮阔和东正教堂的色彩缤纷。但人来人往很多，小街和大街一样的熙熙攘攘。大多数人打着伞，脚步匆匆，看不清他们的脸，看不出他们的表情，更不知道他们的心情。在异国他乡，更让人感到与世界的隔膜。

报刊亭里，没有人，售货的窗口紧闭着。吃完了午餐，看雨依旧密密地下着，我又没带伞，便在亭下避雨，闲来无聊，趴在售货窗口，看亭子里面，都卖些什么报纸杂志。花花绿绿的杂志封面，首尾衔接，密麻麻摆满亭子四壁的上上下下，媚眼四抛，和我们的报刊亭没有什么两样。忽然，看见在杂志的下面挂着一串邮票。邮票很小，那一串邮票不过四五枚，不过如一串小小的风铃花，在四周五彩炫目的杂志的包围下，不注意看，几乎不会发现。因为喜欢集邮，到哪儿去，尤其是到国外，都不忘买几枚纪念邮票，这一串小小的风铃花，被我一眼看见，便不是什么奇怪的事情。正所谓你心里关注着什么，眼睛里就会看到什么，就像你的腿受伤了，拄着拐杖，走在大街上，你会看见拄着拐杖的人好像一下多了起来。

关键是我不仅看见了那一串邮票是纪念邮票，而且，我还看见其中一枚是苏联1953年发行的纪念作家马雅科夫斯基的邮票。邮票上马雅科夫斯的半身像，是那样熟悉。这枚邮票，在《世界邮票总目录》上看见过，是为纪念马雅科夫斯基诞辰60周年发行的，早就想买呢。那时，儿子收集世界各国和动物的邮票，我的兴趣在世界作家和音乐家的邮票。买邮票，找邮票，查邮票，摆弄邮票，成为那一段时间我们父子间最重要的交流，乐趣便也在其中。这枚意外相见的马雅科夫斯基邮票，像打了鸡血一样，让我一下子兴奋了起来，让阴雨绵绵的莫斯科有了亮色和光彩。

开始，我以为报刊亭的主人是中午休息，找地方吃午饭去了，心想一会儿就会回来的。谁想，过了午休的时间好久，还没有回来。已经等了那么长时间了，就再等一会儿吧。又过了好久，还是没见人影，只有马雅科夫斯基挤在亭子里面和我面面相觑。我还是有些不甘心，就这样离开，下一次再来莫斯科，不知要到猴年马月，而且，即使能来，还能不能够碰上马雅科夫斯基，也是两说呢。就又等了下去，反正雨也没停，我也没有什么事，索性就算是在这儿避雨，看看街景吧。

便倚在报刊亭的窗前，耐心等候，等候亭子的主人（不知是男是女，猜想是位玛达姆）的到来，等候马雅科夫斯基出来。

可是，我就像等待戈多一样，始终没有等到。雨一直不停，不大不小地下着，雨水顺着亭子边的排水管哗哗地流淌着，顺着管口哗哗地流淌到街上。起初，我并没有听到排水管的雨声，等着的时间越长，这声音哗啦啦的越发响了起来，响得像一阵接着一阵的小鼓在敲，让人心里发躁。

那一天，从中午快等到黄昏，想象中的玛达姆也没有到来，想念中的马雅科夫斯基也没有出来。雨小了，我只好走了。

都说流年似水，往事如烟，极其容易逝去得无踪无影。但有的事情虽然很小，却容易在偶然之间如焰火被瞬间点亮，提醒你不要淡忘。在莫斯科和马雅科夫斯基相遇而不得的情景，便是这样。其实，我对马雅科夫斯基并非真的那么感兴趣，真正感兴趣的是那时和儿子一起的集邮。不过，儿子的集邮，和我一样也是到上中学时无疾而终。他几乎攒全的世界每个国家一枚邮票的花团锦簇，还有那些各国的动物邮票，以及我的那些作家、音乐家的邮票，都已经放在柜子里多年，任其尘埋网封。在莫斯科和马雅科夫斯基相遇而不得的情景，再次浮现在眼前，是前不久偶然读到马雅科夫斯基的一首小诗，题名《你是否能够》，诗的最后两句：

> 而你
> 是否能
> 用排水管充作长笛
> 吹奏一支夜曲？

我立刻想起了莫斯科那个报刊亭的排水管，不觉哑然失笑。笑自己当初倚在亭边听排水管哗哗的雨声时，可没有想到它可以充作长笛；现在，会不会笑自己当时的等候有点儿傻呢？

2020 年 6 月 21 日夏至于北京